ヤマケイ文庫

穂高の月

Inoue Yasushi

井上　靖

JN246666

Yamakei Library

穂高の月　目次

I　天城の雲

II　穂高の月

III　日本の風景

Ⅳ　作品の周辺

Ⅰ　天城の雲

郷里伊豆

私は北海道旭川で生まれた。併し、年鑑や名簿などでは私の出生地は殆ど静岡県となっている。自分で書く時は出生地は旭川、出身地は静岡県と区別して書くが、多くの場合、静岡県生れにされているのが普通である。

父は軍医であった。私が二十四歳の時、軍医少将で退官して郷里伊豆へ引込んだが、それまで、父は師団や聯隊の所在地を転々と赴任して歩いていた。私が旭川で生まれたのは、父が第七師団にいた時であった。

そうした居所の一定しない生活を送っていた父母は、学齢期に近付いた私を自分の膝許から離し、郷里の伊豆湯ヶ島にいる祖母に預けた。祖母と言っても、実は私の祖父のお妾さんである。本妻さんに預けられないでお妾さんに預けられたということは、未だにその時の話合が如何なるものだったか興味があるのだが、結局お妾のおかの婆さんは人質のような形で、自分の保身のために私を引取ったものらしい。

こうしたことから、六歳の時から私の郷里での生活は始まった。いまでこそ伊豆の湯ヶ島と言えば東京から三時間足らずで行ける恰好な温泉場として、ひろく知られているが、当時（大正の初め）は春と秋に湯治客がちらほら見える程度の鄙《ひな》びた湯治場であった。何しろ四十年も前のことであるから、伊豆半島の基部へ出て東海道に連絡するためには、一日に三回出る馬車に頼る他はなかった。下田街道を馬車で大仁《おおひと》に出て、大仁から玩具のような駿豆鉄道に乗って三島町へ行ったものである。だから、私は少年時代を全く伊豆半島の中央部の山村で育った。湯ヶ島は天城山の北麓に当り、狩野川の上流が部落の端しを流れている。天城の最高峰は万三郎嶽で標高千四百メートル、それについで高いのが万二郎嶽で、私は幼時からこの二つの山が兄弟であると教え込まれていた。

私の住んでいる村から、万二郎はどこからでも見られたが、万三郎の方はよほど高処へ登らないと見られなかった。万三郎を見るために、子供たちはよく丘陵へ登って行ったものである。

私は後年小説を書くようになって、その舞台を屢々《しばしば》郷里の伊豆から取っているが、殊に湯ヶ島附近の丘陵や渓合を主要舞台として書いたものが多い。

私は中学へ入学する時から再び湯ヶ島を離れて都会の生活を送るようになってしまったが、その僅かな少年時代に滲み込んだ郷里の匂いは現在も私の躰からぬけていない。昔美しいと思った雑木林の美しさは、大人になってもやはり美しく、少年時の印象はかなり確かなものだったことを思わせる。実際に天城の美しさは、四季時々に色を替える雑木林の美しさだと思う。

古書によると、天城山は甘木の称で、あまちゃの木を多く産したところということになっているが、私はあまちゃの木も知らなければ、あまちゃの味も知らないで育った。あまちゃの木があったのは大昔のことであって、今の天城にはそれは絶えてしまっているのであろう。現在は山葵《わさび》と椎茸が名を成してしまっている。私は全国を旅行して歩いて、各地で名産だという椎茸や山葵を口にすることがあるが、どれも郷里から産するものには及ばないようである。雑木林の青葉がいっせいに萌え出そうとする頃、軽い歯音をたてて山葵の茎を嚙む味わいは何とも言えぬものである。小さい時私は祖母から、胃を悪くするという理由でこれを食べることを禁じられていたので、ごく稀にしかそれにありつけなかった。伊豆でも山葵沢を持っている家でないと山葵の茎は手にはいらないので祖母自身珍重して大切にしていたのではなかったかと思う。

少年の頃の私は、毎日のように他の少年たちと一緒に部落中を縦横無尽に走り廻って過した。他家の屋敷であろうが、畑であろうが、いっこうに頓着しなかった。村中到るところが、私たちの庭であった。石のごろごろしている渓合の川を渡り、石垣をよじ登り、旅館の浴槽の窓から湯の中へ跳び込んだ。旅館の女中に見つけられて追い出されると、蝗《いなご》のように川へ跳び込み、暫《しばら》く様子を見てからまたそこへしのび込んだ。木へ登って、客が酒を飲んで歌ったり踊ったりするのを見ていたこともある。

天城山には昔からよく心中があった。大人たちが列をつくって街道を山間の方へ登って行くあとから、子供たちの一団も、

「心中もんだ。心中もんだ」

と声を挙げながらついて行ったものだった。併し大抵の場合部落の端《はず》れで追い返されて、心中の現場へ辿り着くことはできなかった。

子供たちは追い返されて大人たちから離れると、口を揃えて、

「天狗だあ。天狗が出たぞ」

そんなことを叫んで、一目散に自分の家の方へ駈けたものである。わたしたちには心中も天狗もたいして違いはなかったのである。

伊豆半島の中央部は、配流の地、罪人処断の地として歴史に名が出ている。あまり光栄なことではない。村の祖先たちはいつ頃からここに住みついたものであるか、古文書、古記録の類が何も伝わっていないのでよくわからないが、おそらく私の部落のどの家も、その祖先を辿って行くと、落人や逃亡者にぶつかるのではないかと思う。

伊豆に残っている説話は、その多くが悲劇である。併し、伊豆の風景だけは明るく、古くから詩歌に託され、それも枚挙に遑《いとま》がないほどである。万葉の「伊豆の海たつ白波のありつつもつきなむものをみだれしめめや」とか、実朝《さねとも》の歌った「箱根路をわが越え来れば」などは最も有名であろう。大抵海が詠われている。

伊豆の海は昔からその東西両海岸を東浦と西浦と称ばれており、往古は漁業よりむしろ海賊の根拠地として繁栄していたらしい。私は中学時代を沼津で送ったので、夏休みは大抵西海岸の三津浜《みとはま》で過した。富士の眺めのいいことで有名な三津海岸である。三津で過す夏はひどく楽しかった。朝から海にはいって、夕方まで砂浜にいたものである。三津には蜜柑山を持っている母方の親戚があり、そこの家へ厄介になったり、海へ迫っている丘陵の中腹にある寺へ下宿したりした。

いまは三津には水族館ができていて、観光客が沼津方面からどしどし送られて来て大変騒がしい海岸になっているが、私の学生時代は、静かなひっそりとした海水浴場であった。毎年三津へやって来る人たちの顔触れも決まっていた。

三津に限らず私は西海岸が好きである。学生の頃よく土肥《とい》や松崎の方へ出掛けたが、東海岸と違って海岸線は烈しく屈曲しており、入江が多く、潮は沈んだ静かな色をしていた。私たちはその海の色に旅情といったものを感じたものであった。一緒に出掛けた連中のうち何人かは歌を作ったり、詩を作ったりした。伊豆の西海岸の海の色は、若い者たちの心を多少感傷的にし、文学へ駆りたてるだけのものは持っていたようであった。

そこへ行くと東海岸はずっと明るい。私たちは伊東から下田の方へ徒歩旅行をしたりしたが、東海岸の方には余り馴染めなかった。併し、やはりここも伊豆の海には違いなかった。むしろ実朝の「箱根路を」の歌から受取る伊豆の海の感じは、東海岸の持っているものである。〝伊豆の海〟と言うと、ひっそりとした小さい入江を沢山持っている西海岸より、美しい砂浜と明るい潮と、小さい波とを持っている東海岸の方がぴったりしている。

半島の突端部の石廊崎《いろうざき》へ行くと、ここはもう伊豆の海の感じではなく、全く太平洋の荒さと大きさを持っている。私は人から伊豆の海ではどこが美しいかと訊かれると、躊躇なく石廊崎だと答える。ここはいつ行っても、濃い碧色を呈した潮が立ち騒いで居り、岩礁の周囲には白い波が砕けている。岬の附近にはいつも海女《あま》をのせた小船が出ているが、それは木の葉のように大きく揺れている。

同じように太平洋に突出している知多半島や渥美半島に旅行したことがあるが、伊豆の海のような変化は見られなかった。伊豆半島は、東海岸と西海岸がはっきり区別できるようなそんな変化を持っている。

また伊豆半島ほど自然の恵みを多く受けているところは、おそらく他にあるまいと思う。到るところに温泉が噴出し、気候温暖で暮しには快適な地である。天城の峠を越えて南下して行くと、そこはもう南国的香りがする。南豆には温泉熱を利用してバナナやメロンやパパイヤが栽培されている。その他、亜熱帯性植物を栽培する温室もあちこちに見られる。

この暮しよい伊豆半島に、最近思いがけず暗い事件が起きた。それは狩野川《かのがわ》台風に依って、狩野川が氾濫し、下流の何ヶ村かを濁流で浸し、千名の人命を飲み込んでしまったことである。私は幼時を狩野川の上流で、少年時代をその下流で過しているので、狩野川とは切っても切れぬ関係にあるが、私には初めどうしても静かで美しい狩野川が荒れ狂ったことが信じられなかった。

最近（三十三年十二月）郷里へ帰省してみると、狩野川はすっかり変っていた。川幅は二倍、三倍にもなり、天城から流れ出した大小の石が、到るところに磊々《らいらい》たる磧《かわら》を作っていた。狩野川の氾濫は古記録に依ると二百五十年目である。自然はこのようにして変って行くのかも知れない。荒涼たる狩野川河畔に立って、私には感慨無量なるものがあった。

併し、その狩野川を押し包んで、伊豆の山野は依然として、昔ながらの伊豆の山野であった。天城続きの低い丘陵は紅葉した雑木林で包まれ、その雑木林の中のところどころに竹叢《たけむら》が黄色の絵具をなすったように見えていた。気の遠くなるような、真冬の伊豆の静けさであった。

（昭和三十四年一月・『日本の風土記―伊豆』宝文館）

天城の雲

私の郷里湯ヶ島からはすぐそこに天城山の一部が見える。天城山の最高峰である万二郎・万三郎という兄弟の峰は見えないが、それに続いている山々が見える。それらの山々の稜線にかかる雲は美しい。私は郷里の家の二階に坐ると、いつも天城の峰にかかる雲に眼を遣《や》る。はっきりと季節を感じさせる雲である。

人間は五十歳を過ぎると、雲というものに心を惹かれて来るらしい。私も結局、最近は郷里の部落へ帰ると、まっ先きに雲に心を惹かれ、ああ故郷へやって来たという感を深くする。空のどこを見渡しても雲の見えないようなよく晴れた日でも、天城の稜線の上部のどこかには必ず雲のかけらが浮かんでいる。

私は人からよく郷里の美しさは何かと訊かれると、これまでいつも湯ヶ島の部落を走っている下田街道の白さや、小さい丘陵を埋める竹叢の微《かす》かに揺れる美しさをあげて来たが、現在はそうしたものより天城の雲の美しさをあげることにしている。

静かな街道の面が夕暮と共に白っぽく浮かんで来る情景は、バスやくるまが通らない昔のことであるし、竹叢の揺れの美しさも、雑木が伐られ、山肌の荒れた戦後の今では余り吹聴できなくなっている。変っていないのは天城の稜線の形と、その上に浮かぶ雲の美しさだけであろうか。

伊豆半島の天城の北麓には二つの峡谷が平行して走っている。狩野《かの》川の峡谷と大見川の峡谷である。私の郷里の湯ヶ島は狩野川の峡谷にあるが、湯ヶ島からお隣りの大見川の峡谷へ出るには小さい山を越さねばならない。その山の峠が国士《こくし》峠である。

幼い時、私たち狩野川筋の者には、大見川沿いの部落はひどく田舎のように思われていた。大見へ行くというと、とんでもなく淋しいところへ行くような気がしていた。いま考えると、狩野川沿いの部落が大見川沿いのそれに較べて、さして賑やかであったわけでも開けていたわけでもない。向うは向うで、こちらをより田舎と思っていたかも知れない。

幼時の私たちは、一年に一度大見部落の入口まで行った。それは国士峠を越えたすぐ向う側に一年に一回、秋に草競馬が行われたからである。その日は大見、狩野両峡谷の部落の青年たちが馬に乗って、小さい馬場を駈けた。私たちは当時国士峠を、そのような呼び方では呼んでいず、茅場《かやば》と呼んでいた。附近一帯の山の斜面を茅が埋めていたからである。

子供たちは湯ヶ島を出て、長野部落を抜け、茅場を通り、国士峠に辿り着き、あともうひと走りすれば競馬場であるというところで休んだ。あたり一面茅の原で北方に富士が、湯ヶ島で見るのとは全く異った形で見えた。

私は一昨年、何年かぶりで、幼時の思い出をたくさん持っているこの国士峠へ行ってみた。そしてそこの眺めの大きいのに驚いた。波のように起伏している半島の丘陵の背が一望に見渡せ、その果てに駿河湾が見え、富士がきちんとした形で見えた。ここは富士を見る場所としては、伊豆半島では屈指の場所であろうと思う。私は茅の原の中に坐って、なかなか腰を上げることができなかったが、それは幼時の思い出のためばかりではなかった。天城峠・猫越《ねっこ》峠を初めとして伊豆半島には幾つかの峠があるが、私はこの国士峠が一番好きである。

半島の東海岸と西海岸とはまるで違った趣きを呈している。東海岸は比較的海岸線が単調で、風物は明るいが、西海岸は屈曲した海岸線を持ち、それぞれ小さい入江を持っている漁村の表情はひっそりしていて暗い。私にはどちらの海岸がいいとも言えない。一長一短があって、東海岸をよしとする人も、西海岸をよしとする人もあろう。

私は幼時、家の者から東海岸の白浜の神社のことと、西海岸の戸田《へた》の神社のことをよく話に聞いた。どちらも海岸にある神社だということだったが、私には神社というものを山と結びつけることができたが、海とは結びつけて考えることはできなかった。海を背景にして神社の建物を眼に浮かべることはできなかった。

私は幼い頃、二つの神社のことはよく耳にしたが、その後ずっとこの海岸の神社を訪ねる機会がなく、自分の眼でこの二つの神社を見たのは戦後のことである。

戸田の神社の方は、巾着の入江の、海への切口に近い岬の突端部にある神社で、みごとなあすなろの老木に包まれていた。私は『あした来る人』という小説でこの神社の附近を書いた。幼時何となく頭に描いていた神社とはひどく違っていた。

白浜神社の方は、伊豆では一番古い神社だといわれ、三島大社の祭神もここから移されたものだと伝えられているくらいである。昔はうっそうたる樹木に包まれていたであろうが、いまはその老樹の形体のみが、がらんとした明るい境内に何本か残っているだけである。ここもまた幼時私が想像した白浜神社とは違っていた。併しこの白浜神社の境内へ踏み込んだ感じはなかなかいいものである。社殿の素朴なのもいいし、いかにも海がすぐ裏手にあるといった明るい境内の感じもいい。幼時の私が、この神社のことをしばしば耳にしたくらいだから、この神社は当時なお半島の人々の心にいろいろな形で生きていたのであろうと思う。併し、今日はもう伊豆で一番古い神社であることも一般から忘れられているかも知れない。

（昭和三十五年二月・「旅」）

自然との奔放な生活

私は明治四十年五月に北海道旭川で生れた。旭川は任官したばかりの若い父が最初に赴任した任地である。五月に生れ、その翌年の春、母に連れられて郷里の伊豆半島の山村へ移ったので、旭川は生れた土地というだけで、何の記憶も持っていない。このあいだ北海道へ旅行した時、新聞記者から〝道産子の弁〟いうのが求められて面くらったが、道産子であるには違いない。

しかし、私は少年時代から今日まで、学校へ入学するときも、就職するときも、兵役に関係のある届けを書くときも、自分の履歴書の最初の項目として、〝北海道石狩国上川《かみかわ》郡旭川町第二区三条通十六番地の弐号〟という大変長ったらしい出生地名を書き記してきた。これからもまだ何回もこの地名を書かなければならないであろうし、先日外国旅行の手続きをするときも、やはりこの地名を二通り書かなければならなかった。

私は新聞社などの調査カードで出身地と書かれてある欄には〝静岡県〟と書くことにしているが、出生地とはっきり生れた土地を求められている場合は、〝北海道旭川〟と書く。ときには出生地と書いてあって、丁寧にカッコして出身地と断ってある調査カードもあるが、そういう場合は、〝静岡県〟と書くことにしている。

いずれにしても私は旭川で生れたが、生れたというだけで、その土地にはいかなる幼時の記憶の欠片《かけら》も持っていない。しかし、母から自分の生れた北海道の五月という時季が、長い冬がようやく去って、百花が一時に開こうとしている一年中で一番美しい時季であるということを、事に触れて言い聞かされてきているので、出生地旭川に対して私が幼時から持った印象は明るいものであった。雪と氷に閉ざされた長い冬の期間母の体内にはいっていて、時が去って花が開き始めるや、とたんに母の体内からとび出したということに、何となく私は、自分の人生の第一歩というものを考える場合、いつも満足なものを感じる。

私が出生地旭川の土を生れて以来初めて踏んだのは終戦後のことであるが、それまで長い間、私は旭川という北海道の上川盆地の真ん中にある都邑に、北海道とは無縁な一つの特殊な都市のイメージを持っていた。実際に北海道の春というものは、自分の眼や自分の皮膚で感じない限り、それを知ることは困難であるが、私はその土地を知ることとなしに、そこの五月を勝手に思い描いていたのである。

冬が去ったばかりだから大気はもちろん冷んやりしている。しかし、そこでは桜も李《すもも》も咲きかかっている。辻々には毛皮の市が立ち、柔らかい陽の散っている巷《ちまた》には人がやたらに群がっている。空気は澄んで、微《かす》かな香気を持っている。そうした中を大きな腹を抱えた若い母が女中を連れて歩いている。私は北欧のどこかの小さい静かな都市と、沙漠の中の美しい街、たとえばサマルカンドのようなところをちゃんぽんにして想像していたのである。こうした都市で私は生れたのであった。

従って、私は少年時代に北海道の旭川で自分が生れたということを、内心ひそかに誇りとしていた。郷里の伊豆や、その後父が転々とした聯隊のある東海道線に沿った地方の小都市などで生れなくてよかったと思った。

五歳から十三歳までの少年時代は、郷里の伊豆の山村で過した。私の郷里は天城山の北麓にある湯ヶ島で、郷里が伊豆だと言うと、たいていの人からいいところだと羨ましがられる。温泉が各所に噴き出し、気候温暖で、東京からさほど遠くもなく、適度の田舎ぶりで、風景も美しい。しかし、そのほかにはたいして誇り得るものもないといった土地柄である。華々しい史的事件の舞台になったこともなく、史跡なども取りたてて言うほどのものも見当らない。戦国時代、北条氏滅亡に際して韮山《にらやま》の地名が出てくるくらいで、あとはずっとくだって維新の頃、反射炉を造築した代官江川太郎左衛門の事跡くらいが主なものである。

ただ、風景に関しては、古来多くの書物に伊豆の名が見えている。万葉集に、「伊豆の海にたつ白波のありつつもつぎなむものをみだれしめめや」とあるのを初めとして、その他、枚挙に遑《いとま》がないほどである。実朝《さねとも》の「箱根路をわが越え来れば伊豆の海や沖の小島に波の寄る見ゆ」が一番有名であろうか。

それらにあげられた伊豆の海は、昔からその東西両海岸を東浦、西浦と呼ばれており、往古は漁業よりはむしろ海賊の根拠地として繁栄していたようである。そして半島の中央部は配流の地、罪人の処断の地として知られている。天城北麓の私の部落なども、その祖先はおそらく落人や逃亡者であったろうと思う。だからというわけではないが、伊豆の人々は自然の恩恵を受けている割りに、苦渋に富んだ一種独特の容貌を持っている。

私は小学校時代をこうした郷里の伊豆の山の中で過したわけである。現在では郷里の村も伊豆の温泉郷として多少は名がとおっているが、私の少年時代は全く山中の寒村であった。村から馬車で二時間揺られて、軽便鉄道の終点大仁《おおひと》部落に出、さらに軽便鉄道に一時間乗って初めて、東海道線の三島町に出るというところであった。

馬車にはめったに乗れなかった。一年に二、三回、それでも馬車で大仁へ行くことがあったが、私は軽便鉄道が通じているというだけのことで、大仁という小さい部落を尊敬した。大仁へ馬車がはいると、心が自然に緊張し、その部落の子供たちの誰もが活発で怜悧《れいり》に見えた。道で彼等に出会うと、何となく気が退《ひ》けて俯向《うつむ》くようにして歩いた。

大仁でもこんなだったから、三島町へ行くともっと大変だった。三島町には親戚の家があり、そこに同年配の少年がいた。私はその少年に徹頭徹尾頭が上がらなかった。彼の口から出る言葉がみなひどく都会的な、しゃれたものに聞こえ、それだけでとうてい太刀《たち》打ちできないものを感じた。町の少年たちに会うと、その全部が自分たちとは一段桁《けた》の違った階級の子供に見えた。町の少年たちはみな小綺麗な着物を着、下駄か草履をはいていた。村での私たちといえば、申し合わせたように棒縞の着物を着て、藁草履《わらぞうり》を足にひっかけていた。

私たちの部落には、夏になると都会の少年や少女が、毎年のように二人か三人は親たちに連れられてやってきた。彼等が馬車から降りるのを、私たちは必ずどこかで見ており、彼等を監視しながら、見えがくれに温泉宿にまでついてゆくのが常だった。そして彼等がどの旅館の、どの部屋へはいったかまで見届け、その少年や少女たちが村に滞在している間中、私たちは監視を続け、昂奮していた。寄るとさわると彼等の噂ばかりだった。

このような伊豆の山村に育ったために、私は幼少のころ、都会というものや、そこに住む少年少女たちに対して、都会の子供たちの想像もできないような劣等感をいだいていた。そしてこの劣等感は、いろいろな形を変えてかなり後年まで私という人間を支配した。私は両親と離れていたが、そのためのマザー・コンプレックスといったものは自分自身で考えて、私の場合はっきりと指摘することはできないような気がする。

それから気候温暖な平凡な土地に育ったために、自然というものへのおそれとか憧憬《どうけい》とか陶酔といったものは経験しなかった。海にも遠かったし、高い山も大きい川も知らなかった。吹雪のおそろしさも雪に降りこめられた生活も知らなかった。私は恵まれた自然の中で、幼少時代をきびしい監督者もなしに、毎日のように思う存分遊び惚《ほう》けて暮らした。桑の実、さくらんぼ、つつじの花、イタドリ、カンボ、ツバナなど、およそ食べて毒にならぬものは、野にある限りみんな胃の中に収めていた。そして学校へ行く以外の時間は、季節季節で、田園を駈け廻ったり、山へ登ったり、川へ飛び込んだり、毎日のように日の暮れるまで遊び惚けていた。全くの野性児であったわけである。

この少年時代を過した原籍地の伊豆が、私の本当の郷里であり、ここで私という人間の根柢になるものはすべて作られたと考えていいようである。私は現在でも農村が好きである。ときどき田舎に引っ込んで生活したいような気持に襲われることがあるが、しかし、一方田舎で育っただけに、農村の生活のやりきれなさも、農村の人たちの考え方の気むずかしさも私はよく知っている。

私は中学時代は静岡県の二つの都会地で送った。一年のときだけ、両親のもとから浜松中学へ通ったが、二年のときから台湾へ転じた家族と離れて、郷里の伊豆半島の基部にある沼津の中学へ移り、そこで寺へ下宿したり、寄宿へはいったりして通学した。

沼津の生活は、いま考えると、この場合も責任ある監督者がいなかったので、ひどく野放図なものであった。勉強というものはほとんどしないで、四年間毎日のように友達と遊び暮らした。

郷里の山村と違って、ここは小さいながら都会であり、海もあった。私は友達と日課のように海浜の松林をうろつき廻った。

夏になると東京から転地客がやって来て、小さい町は都会の人たちでふくれ上がった。私たちはそこでまた、都会の学生たちに対して何となく劣等感を感じ、彼等とぶつかったり、些細なことで喧嘩をしたりしたものである。いま考えるとぐれん隊まがいの行動が多かったが、本もののぐれん隊にならなかったのは、私も仲間もみな気が小さくて、文学青年めいたところがあったからである。

この沼津の生活で、よかれ悪しかれ私が得たものは、徹底的に学業を放擲《ほうてき》して、遊び暮らすという、そうした状態に身をおいたことである。全く自由であった。私の精神も、肉体も、少しも痛めつけられるということはなかった。学校を休んでも誰も咎《とが》めなかったし、また土地柄、寒気や暑熱によって自分の体を訓練するということもなかった。毎日千本浜へ行って海へ向かって石を投げたり、歌を唄ったりして、少しでも気が向かなければすぐ学校を放擲するという、怠惰というか、自由というか、何ものにも拘束されない少年時代を送ったのであった。

学校の休暇には、友だちを誘って郷里の親戚の家や、半島の西海岸にある親戚の家へ押しかけて厄介になった。修学旅行というようなものには一度も参加しなかったし、運動会が催されても、出たことはなかった。すこぶるずぼらな学生だったわけである。

そうした私の少年時代で最も大きい出来事は、中学の四年と五年の夏季休暇に、家族の者が住んでいる台北へ行ったことである。この時初めて私は神戸という大都会を見、大きい船に乗り、大洋を横切った。そして台湾で家族の者たちと二、三週間一緒に生活し、上級学校へ行かねばならぬということをそれまでも漠然とは感じていたものの、その時初めて意識して考えるようになった。自分の前に突き破らなければならぬ障壁があるということを初めて知った思いだった。

しかし、とうとう中学校を卒業するまでは受験勉強というものはしたことがなかった。そして中学校を出ると、台北の家族のもとへ行き、そこで一年浪人生活をしながら、初めて机に向かう生活を持ったのである。

そして父が台北から金沢へ転じたので、私は一緒に金沢へおもむき、四高を受験して、そこに入学した。一年の間だけ家から通学したが、また父が弘前《ひろさき》へ転ずることになったので、私は下宿へ移ることになった。

この四高時代の生活において、私は初めて北国の陰鬱な天候も、降雪も、またその天候のもとで物を考えるということも知ったのであった。高校時代には柔道部にはいっていて激しい部生活を送っていたが、これによって私はそれまで自由に放任していた自分を初めて外部のもので縛りつけたのであった。この金沢時代に私は物を考えることと、自分の生活をきびしい規律で縛った生活を経験したのである。伊豆の山村や沼津で送った怠惰な生活のあと、初めて自分自身で自分を縛ることを知ったのである。

いま考えてみると、伊豆の山村も私の郷里であるが、沼津もまた、私という人間を造りあげてゆくうえには郷里であり、そしてそれ以上に、三年を過した金沢もまた郷里であった。一番多感な青春時代の一時期を北陸の城下町で過したことは、私にとっては何といっても大きい事件であった。

もし私が生れた旭川で、そのまま育っていたら、あるいは旭川でなくても北国の地に育っていたとしたら、おそらく、北国の気候風土に骨の髄から染まった、全く現在の私とは異なった人間になっていたであろうと思う。

しかし、私は少年時代のほとんどを気候温暖な伊豆の山村や沼津で過し、青年期の三年間を区切って北国の気候風土の中に自分を置いたわけである。

私の体も、私の顔つきも北国の気候でつくられたものではない。が、青春時代の感受性は、短い間に北陸の気候風土の中から多くのものを吸い取ったようである。私は北国の人とは似ても似つかぬ性格であるが、物の感じ方はどちらかというと、北方的であると言っていいようである。

（昭和三十五年八月・「日本」連載「私の自己形成史」）

天城に語ることなし

新潟の海岸の坂口安吾の碑に「故里は語ることなし」という言葉が刻まれてある。故里に対する愛情と、故里というものを突きはなしているその突きはなし方が実によく出ている言葉だと思う。啄木の「故里の山は有難きかな」も素直でいいが、やはりこれは青春の故里に対する感懐であり、「故里は語ることなし」は五十歳まで生きた坂口安吾の感懐である。

私の郷里は伊豆であるが、私も現在坂口安吾の亡くなった年齢を越えており、やはり郷里に対しては、故里に思うことなしである。有難いという気持はもはや持っていない。

一口に伊豆といっても、天城山を境として南伊豆と北伊豆とでは気候風土もすっかり違うし、また東海岸と西海岸では、海岸線もその風光の趣きもまるで異なっている。

私の郷里は天城の北麓であり、幼時より西海岸の方に馴染み多く育っている。気候温暖という言葉は南伊豆のことで、私の郷里にはあてはまらない。夏は東京より少し涼しい程度であり、冬はむしろ東京より寒いくらいである。梅だけが早く咲く。早春の雑木林の美しさを誇る以外、あまり取柄はなさそうだ。実朝《さねとも》の「沖の小島に波のよる見ゆ」の伊豆の海は東海岸の海であり、私の馴染み深い西海岸の方は海岸線がやたらに屈曲して入江の多い黒っぽい海であり、部落部落には、鰯《いわし》の臭いが潮風に混って吹き流れてくる。

先年の狩野川台風で有名になった狩野川は、天城より発して、私の郷里の村を流れて沼津で海に注いでいる。私は幼い頃、狩野川を日本で一番優しい美しい川であると思っていた。そう思い込んで育った。今考えれば義理にも日本一などと言えたものではないが、実際に美しいことは美しかった。それが台風で河相は一変し、現在はいつでも荒れ狂う用意をしているといったような荒ぶれた川となってしまった。堤はコンクリートと石で固められ、川幅はある箇処は二倍にも三倍にもなってしまっている。天城もまた変った。雑木は失くなり、山は崩れている。郷里の山河は一朝にして変った感じだが、山河というものは、これまでもこのようにして幾度も変って来たのであろうと思う。

変らないものは何かというと、天城の稜線にかかる雲だけである。四季のいかんを問わず、天城の稜線の上には雲が置かれてあり、四季それぞれの動き方をしている。私は郷里の村へ帰ると、天城の雲を眺めるのが好きである。都会では感じられぬ季節の感覚を、天城の雲から感じとることが出来る。しかし、そうしたことのほか、郷里だからといって特別な感慨は沸かない。ああ、春が来たとか、夏になるとか、そうした思いを持つだけである。天城に対して語ることなしである。

（昭和三十六年七月・「小説中央公論」）

富士の話

私は小学校時代を伊豆の天城北麓の山村で、中学時代を沼津で過しているので、富士山とは縁が深い。十八、九歳までは毎日のように、朝に晩に富士を見て過したわけである。だから、富士という山に対しては非常に素直である。富士山の美しさを無条件で認めるし、日本で一番の立派な山だと、素直に富士を讃仰する気持も持つことができる。

小さい形のいい玩具《がんぐ》のような富士を眺めるには、やはり伊豆の天城山北麓一帯の地がいいようである。伊豆の低い山脈を隔てて、その上に小さい富士が美しく浮き上がって見える。尤《もっと》も、以前伊豆に於ける富士の遠望を褒《ほ》めたら、多勢の人から、そんな莫迦《ばか》なことはない、こういう村のこういう場所から見る富士が一番美しいのだとか、わたしの家の背戸から見る富士の美しさも知らないで何を言うかというような、沢山の投書を頂戴したことがあった。富士山に関する限り、うっかりしたことは言えない。

その時の投書で見る限りでも、これこそ日本一の富士見の場所だと信じられているところは非常に多い。何十箇処も何百箇処もあるだろう。

富士の美しさは四季に依《よ》っては勿論、一日のうちでも、その時々に依って違うので、実際に、これこそ日本一の富士だと思うものを、無数の人が実際に見ているに違いないので、彼等が推奨する場所を、その認識の浅さを理由にけなし去ることはできない。彼等は絶対に自説を曲げないだろう。それと同じように、私も亦《また》、天城山北麓の郷里の山村から見る富士の美しさを、そうそう簡単に撤回するわけには行かない。幼少時代、毎朝のように見た小さく整った形のいい富士の美しさは、いまも私の瞼に灼《や》きついている。

また富士の美しさは、それを観る人のその時の心境にも大きく関係している。「命ありて帰還の途次に仰ぎたる、あわれ夕暮の富士を忘れず」――これは何年か前婦人雑誌の投稿歌の中に発見した歌で、作者も知らないが、私の好きな歌の一つである。実際にこの作者は自分が帰還の途中に見た夕暮の富士の美しさを一生忘れることはできないであろう。

中学時代を送った沼津で見る富士はずっと大きくなる。沼津付近の富士で、私の印象に残っているのは、沼津と三島の間の黄瀬川《きせ》の富士、それから田子の浦の富士である。黄瀬川の富士は、いかなる時見たのか記憶にないが、中学初年級の頃で、ある冬の朝、何人かの自転車通学の友達と、その富士の美しさに見惚れたことがあったのを覚えている。

田子の浦の方は、三、四年前に吉原のダルマ市に行って見た富士である。田子の浦の海辺の小さい丘陵をぎっしりと朱色のダルマが埋めており、そのダルマの赤さと、その向うの晴れ渡った青い空、そこに浮かんでいる真白く雪で覆われた富士、思わず息を飲むような美しさであった。

山梨県へ行くと、富士の形は大分変って来る。併し、これはこれでいい。中央線へ乗ると、車窓から富士を見るのが楽しみである。いろいろの形をした富士が思いがけない方角から現れて来る。長野県へはいると、富士は遠く小さくなる。岡谷の駅から見る小さい遠い富士を最後にして、車窓からは見えなくなる。私はこの駅でいつも窓から富士を探すことを打ち切る。

私は現在東京の世田谷区に住んでいるが、ここに居を構えて三年経ってから、初めて自分の家からよく晴れた日は富士が見えるということを発見した。この発見は私にとっては大きい事件であった。日本一の富士が見えると書きたいが、よほどよく晴れた日でないと見えないので、そう書くだけの勇気はない。併し、富士は見える。私の知っている限りで一番小さい富士が、私の家の二階の座敷の窓からやはり何とも言えない品のいい美しさで見えるのである。

（昭和三十八年一月五日・「産経新聞」夕刊）

私の好きな短歌一つ

命《いのち》ありて帰還の途次に仰ぎたるあわれ夕暮の富士を忘れず

私の郷里は伊豆半島の中部にあるので、幼時は毎日のように富士山を見て育った。中学時代も沼津で過したので、朝に夕に富士を見て、少年時代を送った。そんなわけで、富士という山は、私にとっては特殊な山であり、富士を歌った歌には多少の関心を持っているが、すぐ口をついて出て来る歌になると、この「命ありて」の歌ぐらいのものである。

「命ありて」の歌は、今から十何年か前に、婦人雑誌の投稿欄で読んだ歌である。確か一席か二席に選ばれていたと思うが、その婦人雑誌名も記憶していないし、選者が誰であったかも憶えていない。そのくらいだから、もちろん作者がどういう人であるかも知らない。歌だけが私の心に遺っているのである。

西行を初めとして、富士を歌った歌人は多く、名歌もたくさんある筈であるが、私がいますぐ口から出せる歌はこのくらいのものである。一度眼にした雑誌の投稿歌がそのまま心に刻まれて、忘れられなくなっているわけであるが、初めてこれを読んだ時の感動が、それほど大きかったものとも思えない。ただ私にとって一度眼にしたら、もう忘れることができなくなるだけのものは、この無名歌人の歌は持っていたのである。

言うまでもなく、敗戦の祖国に生還して夕暮の富士を仰いだのは、この歌の作者ひとりではない。命あって帰還したたくさんの人たちが、同じ感動で夕暮の富士を仰いだ筈である。私はこの歌の作者について何も知らないが、知らないのも亦《また》いいではないかという気がしている。昭和万葉集の中の詠人不詳《よみびとしらず》の歌であって、いっこう差しつかえないし、またこの歌の持つ生命の質から言っても、その方がいいかと思うのである。

私がこの歌を好きなのは、私も亦、大陸から帰還し、同じ感動で富士を仰いだ一人であって、その時の感動をこの作者が替って歌ってくれているからであろう。

（昭和四十四年十二月・「ちくま」）

天城湯ヶ島

私は幼少時代を伊豆天城山麓の郷里湯ヶ島で送った。現在の天城湯ヶ島町の湯ヶ島部落である。いつかそれから半世紀の歳月が流れている。当時の湯ヶ島は一応湯治場ということになっていたが、都会からの客はごく少なかった。旅館も二軒しかなかった。共同湯は二カ所、その一つの共同湯の隣には、馬専用の風呂があった。実にのんびりしていた。

半島を北から南へと走っている下田街道を、唯一の交通機関である馬車が走っていた。下田行きの馬車は一日に一本しかなかったが、大仁《おおひと》行きの馬車は何本かあった。馬車屋のおっさんは時々ラッパを吹き鳴らし、鞭《むち》をふるった。その度に鉄物の車輪の音はいちだんと高くなり、客たちは小さい箱からこぼれ落ちないように、窓枠にしがみついたり、座席にかがみこんだりした。

子供たちは毎日毎日を楽しく遊び暮した。田舎の事とて、食糧事情のよかろうはずはなく、金山寺みそと、野菜と、漬ものが、毎日のきまりきった献立であった。貧富の差はなかった。みな同じようなものを食べ、同じような生活をしていた。子供たちは多少野生児がかったところがあった。スカンポ、イタドリ、桑の実、桜の実、その他食べられる雑草はみな食べた。つつじの葉は食べなかったが、つつじの葉の変形したのは食べた。うまかろうと、まずかろうと、食べることのできるものは、みな食べた。食べることもまた遊びであった。

幼少時代で最もたのしかったのは夏の水浴びであった。谷川には子供たちの水浴場が方々にあった。集落、集落によって、子供たちの水浴場は異っていた。

私たちは長野川のへいい淵という小さい淵に、毎日のように出掛けて行って、そこへ飛びこんだ。あたりには彼岸花が咲き、蜻蛉《とんぼ》が飛び回り、蟬の声が雨のように降っていた。水がつめたいので、すぐ顔も、体も、唇も、紫色になった。子供たちは夏の陽光でやけている大きな石を探して、それを抱くようにして暖をとった。夏は一日中を川で過ごした。

夏の水浴び以外では、冬の夕方、しろばんばの舞う街道を走り廻るのが楽しかった。遊戯をして走り廻ることもあれば、喧嘩《けんか》をして追ったり、追われたりしていることもあった。そうした子供たちを、優しく押し包むように、綿屑のような小さく白い生きものは舞った。しろばんばは時に、多少青みがかって見えることがあった。そんな時は翌日天気が崩れて雨になった。現在、湯ヶ島の町のどこにもしろばんばは居ない。あの屑綿のようなふしぎな生きものはどこへ行ってしまったのであろうか。

半世紀の間に、馬車もなくなり、へい淵もなくなり、しろばんばも居なくなった。そのかわり、貧しかった小さい農村は裕福な温泉町になった。五十年前と変らないのは、どうやら天城の稜線と、その稜線にかかる白い雲の美しさだけのようである。私は帰省する度に、庭の一隅から天城の稜線をながめる。私の亡き父が、亡き祖父母が、そして私の知らない祖先たちが、毎日のようにながめた山であるからである。天城は美しい。天城美し。故里の山であるから、何ものにも替え難く天城は美しいのである。

（昭和四十七年七月九日・「朝日新聞」）

故里の富士

イマス。

——学校へ行ク時モ、キンチャク淵ニ水浴ビニ行ク時モ、イツモ富士ニ見ラレテ

最近郷里から送られてきた反古《ほご》の束の中から、小学四年生の私の作文が出てきた。十一歳の私は、富士を見ているとは書かないで、富士に見られていると書いているのである。

これを読んだ瞬間、これまでに富士を見ていたいかなる場合の私も消え、富士に見られている私が、それに入れ替わった。わが人生に於て、曾《かつ》てこのように鮮やかに、何ものかが、何ものかと置き替えられた例を知らない。

富士の視野の中に置くと、私という人間も、私という人間の背負う人生も、小さく、小さくなったが、その反面、生気を帯びたものになった。伊豆で過した幼い日々、学生時代の夏の帰省、応召の日、また帰還の日、それから父、母、それぞれ

の葬儀の日までが、富士に見られているという、ただそれだけのことで、幽かに濡れ光ったものになった。

近く郷里を訪ねようと思う。富士を見るためでなく、富士に見られるためである。七十五歳の春を富士の視野の中に曝して、虔《つつま》しく新しい仕事のことを考えたいのである。

（昭和五十八年一月四日・「朝日新聞」）

II

穂高の月

登山愛好

写真雑誌でイギリスのヒマラヤ遠征隊の写真を見た。山頂へ登ったという二人の登山家は、なかなかいい顔をしていた。隊長もまたちょっとそこらでは見当らない立派な顔をしていた。

私は自分は全然山へ登ったことはないが、登山家が好きである。高等学校時代にも、登山部の連中に何人か親しい友だちがあった。山の話をしているとき、彼らの顔に現われる興奮が美しかったし、登山部の寮の柱に刻まれてあるヒロイックな、感傷的文字も、若さのいい面だけが現われているような気がした。

現在も、何人かの名前のある登山家を知っている。みんな尊敬できる人たちである。

いつか詩人の永瀬清子さんが、自分の子供が山に登り台風に遭った時、家でそれを案じている母親の気持を作品に書いていたのを読んだことがある。

母親が持つわが子に関する心配の中で登山の心配が、恐らく一番清潔なものではないかと、その詩を読んだ時に感じた。子供の親不孝の中でも、山登りによって親を心配させることが、恐らく一番清潔な親不孝であろうかと思う。

私は登山家が好きだし、登山の記録をよむのも好きだ。趣味は何かと聞かれる場合、何一つ趣味らしい趣味を持たぬ私は「登山愛好」と書くことがある。「登山」とだけ書くと、自分が実際に山登りすることになって嘘になる。「登山愛好」という言葉でそこをあいまいにしているわけだ。私は登山および登山家のファンである。

しかし、自分で山へ登ろうとは思わぬ。自分自身で山へ登ることは、むしろ嫌いである。一歩々々高いところへ登り、自分が今までそこにいた町や村や田園を、下界といった感じで眺めるのは余り好きではない。

一歩々々高所へ登って行く気持は私の性に合わない。むしろ一歩々々高所から低地へ降りて来る気分の方が好きである。人間の住んでいる所から離れて行くのはごめんである。人間の住んでいる場所へ、次第に近づき入って行く方が有難いし、そうした行動の方が私の気持を落着けるようである。

こうした性格だから、私は本質的に登山家になれぬものを持っていると思う。何度生れ変っても、登山家にはなれないだろう。

登山家といわれる人は、歩一歩自分を高所に運んで行き、常に先人未踏の山嶺を望んでいる人でなければならない。人間の生活から離れ、人間の集団から自分を切り離すことのできる人である。そうした強い性向を生れながら身につけている人だと思う。

小説家というような最も人間臭い仕事をしている人間は、私に限らず、高所へ登る人でなく、高所から降りることを好む人ではないかと思う。

私が登山家の顔が好きなのは、登山家の顔が、自分などの持たぬ孤独に耐える凛々しい、清潔な強いものをそなえているからだと思う。

登山家が好きである許りでなくその記録を読むのも好きである。京大の今西錦司氏や毎日新聞の竹節作太氏などが時折新聞雑誌に書く登山随筆、旅行記などは眼に触れる限り欠かさず読んでいる。それから浦松佐美太郎氏の名著「たった一人の山」などは、私の何冊かの少い愛読書の一つである。

登山記録ではないが、西域旅行記なども、読み出すと、次から次へ漁って読んでしまう。西域というところが長い間、先人未踏の山岳と同じように、未知の秘境として、東洋と西洋の間に横たわっていて、登山家の記録と同様、その旅行記が、征服と冒険の要素を持ち、克己と忍苦の記録に他ならぬからであろう。

リュブルック「東遊記」、ヘディイン「西蔵探険記」、新しいものでは、ハズルンドやコールダーのもの、みな面白い。又シナの古いものでは玄奘の「大唐西域記」、「大唐求法高僧伝」、「法顕伝」、長春真人の「西遊記」、それからわが国のものでは大谷探険隊の「新西域記」、松岡譲氏「敦煌物語」、その他三井荘雲、米内山庸夫、青木文教各氏のもの、いずれもここ何年間に読んだものである。

私は自分では登山記も旅行記も書けないが、こうしたものを読むのは、小説を読むより好きである。自分がまねしたくても絶対にまねのできないものであるからであろう。

私は自分の二人の男の子のうちどちらか一人を登山家か、探険家にしたいと考えることがある。若し本人がそれを望むような青年に成育したら嬉しいだろうと思っている。勿論、妻にはまだそんなことは話したことはない。

（昭和二十八年七月二十一日・「都新聞」）

穂高の月

親しい友達数人とどこかで月を観ながら酒を飲もうということになって、その観月の酒宴を開く場所を考えた。銚子だとか、志賀高原だとか、伊豆の石廊崎《いろうざき》だとか、いろいろ候補地はあげられたが、そのうちに山の好きな友達のN君の発言で上高地ではということになり、そこに話は決った。併し、どうせ上高地まで行くなら、そこから二里程の地点の徳沢の小屋で観る方がいいということになり、更に出発の時は、徳沢小屋まで出掛けるなら、いっそ足を伸ばして涸沢《からさわ》小屋まで登って、北アルプスの山嶺に近い斜面の小屋で月を観た方がいいということになった。

そんなことで今年は思いがけず穂高の月を観ることになったわけである。もっとも一行五人のうち私を除くとみな勤めを持っていて、気まぐれな観月の宴のために四日をさくことはなかなか難しく、到頭中秋の名月の日は東京で過し、実際に出発したのは月がレモン型になってしまった九月の下旬であった。

新宿を朝の八時の準急で発って、その日は上高地に泊った。そして翌日一気に涸沢小屋まで行ってしまう予定のところ豪雨にはばまれて途中の徳沢小屋で泊ることを余儀なくされた。

翌日は気持よい秋晴れである。九時に小屋を出発する。足の達者な若い連中なら四時間程の行程であるが、私たちは初めから六時間を予定してのんびりと、奥又白を仰ぎながら徐々に屏風岩のすそを廻って穂高の山ふところへとはいって行った。

横尾の出合までは道は梓川《あずさがわ》にそっている。梓川は白い磧《かわら》を抱きながら文字通り岩をかんで奔っている。ほれぼれとする程美しい川である。時々川の流れから離れ、唐ヒノキ、シラビ、ブナ、マカンバ、カツラ等の樹林地帯へはいるが、それでも川瀬の音はいつでも聞えている。

横尾の出合で梓川に別れ、涸沢というその名の通り水のかれた渓谷へはいって行く。ここからが本当の登りである。半間程の道は岩石の堆石である。石を一つ一つ拾っては登って行く。十五分歩いては二、三分ずつ休息を取る。いつか山の斜面は岳カンバとナナカマドばかりになっている。

目的地の涸沢ヒュッテへ到着したのは三時半である。北穂、奥穂、前穂の穂高連山がびょうぶをなしてヒュッテのある盆地を囲んでいる。昨日雨の中を登って来た前オリンピック選手の杉山氏等の一行数人がここに泊っており、ヒュッテの裏の雪渓でスキーの練習をしている。山はどこも山嶺近いところが紅葉している。血のように赤いのはナナカマドとサクラで、黄色は岳カンバである。

六時からヒュッテの蚕棚の一つで、まだ月は出ないが観月の宴を張る。私は何となく戸外で酒宴を張るようなつもりでやって来たのであるが、来て見ると寒くてそんなことは思いも寄らなかった。

八時から月の出を待つ。時々戸外へ出てみる。「穂高星夜」という言葉があるそうだが、なるほどここで観る星空は美しい。天の川が真上にかかっていて、穂高の幾つもの峰々は巨大な黒い山塊となって眠っている。

八時四十分に私たちが今日そのふもとを廻って来た屏風岩の肩から月が出る。だれかの月が出たという声で、一同セーターを着て戸外へ飛び出す。楕円形の多少濁った赤味を帯んだ月である。月は静かに少しずつ上って行く。それにつれて山々は次第に表情を取り戻して行く。前穂の山影が大きく奥穂のえぐったような大斜面に投げかけられる。

併しふしぎに昼間の北アルプスの景観の壮大さは生き返って来ない。月は少し暗い表情で、不機嫌な巨大な黒い山塊をながめ降ろしている感じである。

たれも月が美しいとは言わない。ちょっと変な月だなとか、多少陰気だねとか、そんな言葉が交わされる。一木一草をもくっきりと浮かび上がらす皎々たる名月を期待して来た私たちは、その意味では裏切られた気持だった。私たちは寒いので五分程でヒュッテの中へ舞い戻った。そして暫くの間私たちはお互いに何となく口を噤《つぐ》んで、むっつりと酒を飲んだ。

夜半眼覚めて私は戸外へ出てみた。月は前穂の真上に移動している。こんどは奥穂と北穂の斜面が月光で白く、一面に雪を置かれたように見えている。月は相変らず赤味を帯んで楕円形であった。山も月も気難しいのは前と同じだった。お互いに照り映えて輝きわたるといったところはなかった。それぞれに気難しく孤独であった。ヒュッテに飼われているエコーという犬が近寄って来て立ち停まった。見るとエコーもまた、何もすることがないのか、耳を立てて穂高の月を仰いでいた。

（昭和三十一年十月五日・「読売新聞」）

梓川の美しさ

九月に穂高へ登った。

私はこれまで山らしい山へ登った経験は持っていないので、こんどの穂高行きが、私の唯一回の山登りの経験と言っていい。仕事にも追われていたし、衰えかけた体に鞭打ってまで高い山へ登る興味も持っていなかったが、ふと親しい友達の誘いに応じて穂高へ登ってみる気になったのは、涸沢小屋の月が美しいと聞いたからである。奥穂・前穂・北穂の山ふところの小屋で高山の月を仰ぎながら観月の宴を張ったらさぞ楽しいだろうと思った。それからもう一つ、私に穂高行きを決心させたのは以前から何人かの人から梓川という川の美しいことを聞いていて、一度その川を見てみたいと思っていたからである。涸沢小屋の月と、梓川、この二つに惹かれて、私はリュックと登山靴とベレー帽を買いに街に出掛けたのであった。

私は毎年九月には、どこかそれを観るにふさわしい場所で月を見ている。今まで見た月では四、五年前大洗の海岸で見た月が一番美しかった。荒い波と波との間に、文字通り月光が砕けてそれを荒磯から眺めていると、倦きなかった。

去年は銚子で、一昨年は蒲郡《がまごおり》と、このところ海の月ばかりを見ている。先年長崎から雲仙へ行く途中、島原半島の月を観たが、仲秋の明月ではなかったがこれもなかなか美しかった。観月の名所と言えば古来姥捨《うばすて》が有名であるが、ここには何回か行っているが、まだここの秋の月は見ていない。

涸沢小屋の月は美しいというよりは少し異様な陰気な眺めであった。山の月は初めてであったが、海の月より暗いと思った。月光の許では山は単なる巨大な土塊に見えて、月光は重畳たる山々に遮られる感じで、眺めは海に較べるとずっと小さかった。やはり月というものは海か大平原か、月光を遮ぎる物のないところで見るべきものなのであろう。高山では山も月も、それぞれに別々の感じであった。

奥穂も、北穂も、吊尾根《つりおね》も、昼間の明るい光線のもとにある方がきびしく美しかった。月光で荘厳されるには余りにも烈しいものを、それらのものが持っているためであろうか。

兵隊の時、河北平野の月を見たが、凄いという感じでは、やはりここの月が一番凄かった。ことに元氏という部落の古い城壁の上から見た月光に青白く照らされた平原の眺めは忘れることができない。

梓川の方は美しかった。この川は北アルプスの山ふところから出て犀川にはいり、長野市の郊外で千曲川と合流して信濃川になる川であるが、私はふしぎに信濃川とは縁があって、この川の樹枝状に伸びている幾つかの支流を知っている。

千曲川の方は二、三年前の秋に小諸辺から上田を経て犀川との合流点まで自動車を走らせたことがあるし、犀川の方はこんどの梓川以外に、信濃大町附近の三本の支流を知っている。ことにその中の一本の高瀬川（上流は鹿島川）は鹿島部落の奥までその流れに沿って溯ったことがある。

鹿島川は荒れた感じで、川筋がかなり急な斜面にかかって、大小の石がごろごろしていて凄さまじい河相をなしているが、同じ信濃川の支流であっても、こんどの梓川の方はどこまで溯っても荒れた感じのない美しい川であった。鹿島川を男性的だとすると梓川は女性的だと言えよう。

上高地附近では梓川はその清澄な流れの色が見る者の眼をそばだてしめるが、併し梓川の真の美しさが現われ出すのはそれから上流である。梓川の川幅はどこまで行っても狭くならない。上高地附近よりももっと広い川幅を見せ、右岸或は左岸に美しい白い磧を抱いたまま、淙々《そうそう》たる川瀬の音をひびかせたまま樹林地帯を流れている。気品のある川である。

私はこんどの穂高行きで、上高地から横尾の出合まで、梓川に沿って歩いた何時間かの行程が、一番楽しかった。

時たま梓川の川筋が視界から消えることもあったが、そんな時でも、いつもその川瀬の音はどこからともなく聞えていた。どんな川でも溯って行くと、川床が露出して、次第に荒れた貧しさを見せて来るのが普通だが、梓川は大河の表情を持ったまま北アルプスの山ひだへと分けいっている。

私は涸沢小屋の月と梓川に惹かれて穂高に登ったのであるが、梓川の流れは、このためだけにもう一度来てもいいと思ったくらい美しかった。穂高へ来てよかったと思った。月の方は多少期待外れであったが。

（昭和三十一年十二月・「旅」）

上高地

昨年の秋からこの五月までに、三回上高地へ出掛けた。新聞小説に穂高のことを書いているので、そんな関係でこれまで全く縁のなかった上高地へ度々出掛けて行くことになったのである。

尤《もっと》も昨年の秋最初に出掛けて行った時は、別段仕事のために出掛けて行ったわけではなかった。その時は山の小説を書くなどという気持は全く持っていなかった。ただ親しい友達の間で穂高で月観をしようという話が持ち上がり、どういう風の吹き廻しか、まだ行ったことのない高山での月観が私にもひどく楽しいことのように思え、その企てにうかうかと賛成してしまっただけのことであった。

最初の上高地行きで、私はすっかり穂高連峯の美しさと梓川の流れの美しさに魂を奪られてしまった。なぜもっと若い時から山登りをしなかったかと思うほどであった。その時は徳沢小屋に一泊し、その翌日涸沢のヒュッテで泊った。そして涸沢のヒュッテで十月の月を観たが、月の方は感心しなかった。月の美しさというものは、月光が見晴かすような広い地域に照り渡る美しさで、高い低いには少しも関係しないことを知った。高山の頂きで見る月はどんなに美しいだろうと思ったのは、全くの思い違いであった。古来観月の名所は海とか平野とか、あるいはそうしたところを俯瞰できる場所に限られている。

穂高では山々は昼間のきびしい表情を失ってしまって、単なる黒い土塊となり、そこに照る月は妙に陰気で暗い感じだった。

観月は失敗だったが、併し、この穂高行のお蔭で、私は梓川の流れの美しさを知ることができた。高山の川というと奔湍《ほんたん》岩を咬むといった清冽な流れをすぐ想像しがちであるが、梓川はむしろ女性的な優しさを持っていた。流れの色はコバルト色に澄んでおり、川幅もひろく、淙々と瀬の音を響かせながら流れている。川筋は蜒蜒とうねり曲り、右に左に白い磧を抱いていて、せせこましい感じは少しもない。これだけの品位を持つ川はそう沢山はあるまいと思われた。信濃川の沢山の支流の中でも、この梓川が一番美しいのではないか。

私はこれまで不思議に信濃川の本流や支流に沿った地域を歩く機会を持った。小諸の方から流れる千曲川と、長野の方から流れる犀川とが一緒になって信濃川となるその合流点も知っているし、新潟の河口近くも何里か溯ったことがある。また千曲川の方はこの流れに沿って、小諸から上田辺まで自動車を走らせたこともあるし、姥捨から千曲川の曲りくねった姿態を眺めたこともある。犀川の方は長野と松本で、それぞれ多少異った感じの犀川を眺め、それからその幾つかの支流も大町附近でも見ている。支流の一本である鹿島川はかなり上流までその荒涼たる川筋に沿って溯って行ったことがある。

私は信濃川という川が好きで、それを『川の話』という作品の中に書いているが、併し、梓川を見てしまうと、梓川を知らないで信濃川を書いたことがひどく大きい手落ちのような気がした。

二度目に上高地へ出掛けたのは、十二月にはいってからであった。新雪に覆われた上高地と、雪片を吸い込んでいる梓川を見たくて、自動車を松本から走らせた。併し、この時は島々を過ぎ、沢渡《さわんど》あたりまではよかったが、坂巻温泉から上はチェーンを巻いた自動車のタイヤが滑り出し、やがて急に雪が深くなって、動けなくなってしまった。それで到頭上高地の土は踏まないで引き返すの已むなきに到った。併し、島々から坂巻までの雪景はやはり素晴らしかった。わざわざ東京から出掛けて行っただけのことはあったようである。

三度目に行ったのは、この五月の初めであった。旅館はまだ二軒しか開いていなかった。五千尺旅館はシーズンを目睫に控えて普請をしており、他の旅館は戸を固く閉ざしていて、夜具の包を運び込んでいる人たちの姿だけが見えた。

上高地では登山者には一組しか会わなかった。私たちは言葉では言い尽せないような美しい新緑の中を徳沢小屋の方へ歩いて行った。川の流れは秋の時とはまた違っていた。流れは春のなごやかさを持った、併し、冷たく弱い陽の光りにきらきらと輝いていた。磧も秋の時よりも白っぽい感じで、それを見詰めていると、妙に虚ろであった。

明神池の傍で、私たちは無数の蛙が長い冬眠を打ち切って地面を持ち上げて、春の陽の光りの中へ出て来るのをみた。足許のどこを見ても、穴から出て来る蛙のために、落葉は動いていた。そして地中から出て来た蛙たちは、いっせいに動き廻っていた。地面から出て来たばかりなので、一休みしたらよさそうなのに、どの蛙もやかましく泣き立てていた。よく見ると、到るところで雄が雌を追っていた。不思議な光景であった。猥雑なものは少しもなく、いかにも生命の発露といった感じであった。

何百という蛙の交尾は見ていて異様で、全く予想しなかった観物であったが、併しやはり春の上高地の出来事であるという気がした。

最初の、去年の秋の上高地行きの時は、私たちは心中する直前の若い男女を見た。勿論心中するとは思っていず、何となく挙動不審なものを、その一組の男女に感じていたが、それから涸沢に登り、帰って来て、その男女が心中を遂げたことを知った。

私が二回の上高地行きで遇った事件は、このように一つは男女の心中事件であり、一つは蛙のおおらかな生命の饗宴であった。一つは暗く、一つは明るい事件である筈であったが、私にはその二つが、どちらも不思議に同じようなものに見えた。人間と動物の差異はあれ、そしてまた死と生の差異はあれ、併し、どちらもその事件が持っているものは、下界に於ての場合とは違って生臭いものを喪っていた。上高地の美しい自然の中では、なべて生きものの行為はその本来の意味を喪ってしまうのであろうか。

こんど六月の中頃、私はもう一度夏の初めの上高地の自然の中に身を置いてみるつもりでいる。

（昭和三十二年六月・「學鐙」）

山登りの愉しみ

私は去年の夏まで、山というものに登ったことはなかった。

去年の六月、文学をやっている若い友人数名に誘われて尾瀬に行った時、三平峠を越えたのが、多少でも山らしいところへ行った最初であった。ひどく愉しかったので、同じメンバアで九月に穂高の涸沢まで登り、そこで月見をした。

これに味をしめて、こんどは北穂と奥穂の山嶺を極めようと、やはり同じ顔触れでいま計画しているところである。

だから私は「登山」という言葉は使わないで、「山登り」という言葉を使っている。三平峠に一回、涸沢に一回の登山経験では、趣味欄に「登山」と書くのは少々心臓ものである。併し、目下のところ趣味らしいものは山へ登ること以外何もないので、そういう場合は「山登り」と答えることにしている。

では、一体山登りの愉しみは何であろうか。私は私なりに山登りの愉しみを幾つかあげることができる。先ず第一はこれから山へ行くというあの出発前の気持の娯《たの》しさである。これはこれから映画へ行こうとか、競馬へ行こうとかいう気持とも、これから九州とか北海道へ行くといった旅へ出る前の気持とも全く違う。この気持の中には、私の場合は自分から遠く離れた若さを、もう一度奪還しているような、妙にくすぐったい娯しさがある。そしてそれが確実に自分と一緒にあるかどうかを試してみようとしている娯しさもある。これは若い登山家の与《あずか》り知らぬ愉しみであろう。

第二は、躰を使うことの娯しさである。山へ登る以外、私などは自分の肉体を使う機会はない。東京にいる限りめったに歩くこともないし、重いものを担うこともない。いかに自分の肉体を使うことが娯しいかを、山に登って久しぶりに思い出したわけである。

第三は、目的地に着いた時の娯しさである。都会生活をしている限り、いよいよ目的地へ着いたといったあの吻とした気持は味わえないものである。私は兵隊時代に北支を毎日のように行軍したが、当時の生活で現在も懐しく思い出されるのは、行軍を終えて目的地の部落へ着いた許りの露営地の混乱と騒擾である。兵隊生活の暗い嫌な思い出の中で、それだけが明るい。

第四は、自然の中へはいって行く娯しさである。雲を見、風に吹かれ、川を渡り、地面の上に腰を降ろす娯しさである。これも東京に住んでいる限り望めないことである。

こう書いて行くと、私のあげる山登りの愉しみは、一言で言えば都会生活への反逆である。人間生活の中から都会が奪い取ってしまったものを、もう一度自分の手の中に取り返すこと以外の何ものでもない。

——こう挙げると、それはハイキングの娯しさじゃないかと言われるかも知れない。実際、その通り、私の場合山登りもハイキングも、そこにさして差異はなさそうである。

登山の娯しさは、恐らくもっと烈しくきびしいものがあるであろう。私の「肉体を使うことの娯しさ」といったような生ぬるいものでなく、もっと烈しい言葉をそこに置き替えなければなるまい。

私の山登りの場合は、自分の意志を鍛錬するとか、自分の肉体の耐久力を知るとか、そうした登山というものの本質が持っているに違いないきびしいものは全く影を消している。また次々に山嶺を極める征服欲も既に持ち合せていない。私には山は娯しいものとしてある。山から娯しいものだけを貰おうとしている。登山でなく、「山登り」であるゆえんである。

（昭和三十二年八月・「山と高原」）

私の登山報告

七月の中ごろ、奥穂に登った。去年の九月、数人の友だちと穂高の涸沢《からさわ》まで登って、そこのヒュッテで一泊したが、その時は北穂や奥穂の尾根の稜線を目の前にしながら、それ以上登る元気を喪って、残念ながら引き返した。

こんどの奥穂行きは、その折の名誉を挽回するための企てであった。一行七人のうち、二人は専門家で、山の書物も出している登山家であるが、あとの五人のうち四人は去年涸沢まで行って引き返すことに賛成した連中で、私と同様こんどが生まれて二度目の登山である。残りの一人は穂高がどこにあるか、知らないといった豪傑で、もちろん生まれて初めての山登りである。

同行者の最年少は三十二歳、最年長五十歳、大体において平生肉体はあまり訓練していない連中である。私たちは、専門家の二人は別にして、おのおの己が体力のほどを知っているので、一切無理をしないことと、注意に注意をするという二ヵ条を金科玉条にし、穂高行きを企てたのである。

専門家のY君の意見で七人ともみんなピッケルを持った。もちろん借りものである。万一の用心にザイルも持った。ピッケルもザイルも持つくらいだから、他の装備もはなはだ大げさなものである。ザックにはアノラックやウインド・ズボンも詰め、セーター、ジャンパー類から手袋、懐中電灯、ウイスキー、乾パン、薬品類と、まるでヒマラヤにでも登るような準備である。

疲れてはいけないので昼間の列車で松本に行き、その日のうちに上高地を経て徳沢まではいって、そこに一泊した。次の日は九時に徳沢をたち、ゆっくり登って三時に涸沢に着いた。時間は十分あったがそこのヒュッテに泊った。

そして三日目の朝八時半に、ヒュッテを出て、目的の奥穂を目指した。東京を出て、途中に二泊し三日目に奥穂のてっぺんを踏もうというのだから、若い現役の登山者諸君には、ずいぶん間抜けたスケジュールであろうと思われる。

しかし、これだけ慎重をきわめての登山であったが、それでいて必ずしも無難であったわけではない。かなりサンタンたる結果になったのだから登山というものはなかなかむずかしいものだと思う。私たちは、普通二時間半で登るところを、三時間半かけてゆっくり登った。穂高小屋に着いたのはちょうど十二時で、小屋の前に立った時、ポツンと雨が降って来た。

私とN君は雨の中を奥穂へ行く気力はなかった。ともかく日本アルプスの稜線の一端へたどりついたのだから、もうこれで十分だといった。他の三人はまだ元気で、いっそここまで来たのだから、あと三、四十分かけて山巓《さんてん》を踏むといい出した。専門家のY君とU君が、笑いながら「去年は涸沢まで、今年は穂高小屋まで、来年は奥穂のてっぺんと三年計画で行きますか」といった。雨がひどくならぬうちに下山する方がいいという両君の考えだった。

鶴の一声で一同穂高小屋で昼食をとるとすぐ下山の途についた。

私とN君は雪渓を渡るのが苦手だった。ことにおりる時はいやだった。足をすべらせたらどこまでもすべり落ちて行くと思ったら、足がすくんだ。念には念を入れろということで、最も危険なところ二ヵ所でザイルを使った。

しかし、ザイルを使う必要のない雪渓でN君は足をすべらせて、五メートルほどすべって、ピッケルのお陰でとまった。N君自身も驚いたが、他の連中も驚いた。この事件からN君の体力は急速に衰えを見せて、ガレ場を降りるのがひどく困難にみえた。

雨は次第にひどくなり、涸沢小屋に戻った時は豪雨に変わっていた。一時間ほど休んでいたが、雨勢は衰えそうもなかったので、雨をおかして徳沢までくだろうということになった。

疲れているN君だけは、涸沢小屋に一泊し、明朝、大勢の連れがあるので、その人たちと徳沢に降りることにした。私たち六人はアノラックを着込んで、雨の中を徳沢に向かった。

雨は車軸を流す勢いで、地面をたたき、それに風までが加わった。本谷の出合いに来た時は丸木橋の流れる寸前で、怒れる梓川が丸木橋の下一尺ほどのところをウズを巻いていた。ここでは足も丈夫で、雪渓も勇敢だったM君が尻込みした。ザイルで確保しようとしたが、それでもM君はどうにかそこを渡った。

横尾の出合いの二つの丸太の橋も、流失寸前であった。あとで知ったことだが、私たちが渡ってから一時間ほどで、この二ヵ所の橋はいずれも流されてしまった。

私たちは横尾の出合いから徳沢までを休みなしに歩いた。休むと寒くてたまらなかった。アノラック、ジャンパー、セーター、ワイシャツ、はだシャツ全部を通して、雨は腹部を下へ流れている。

途中で日は暮れて真暗になった。懐中電灯が役立った。ウイスキーも役立った。道という道は川になっている。私たちしろうと登山家は専門家のY君とU君の間にはさまれて、ただひたむきに足を動かして、氷のようなからだを前へ運こんだ。この場合、もしY君とU君がいなかったら、道がわからなくなってどうなったかしれたものではない。八時に徳沢小屋にたどり着いた。この晩の雨量は二七〇ミリ、風速二〇メートル。それでいて、松本あたりは雨がぽつぽつ落ちた程度だったというから、山だけの台風であったわけである。

N君は翌朝、本谷の出合いまで降り、橋が落ちているため、また何時間かかかって引返し、涸沢小屋に二日籠城《ろうじよう》。私たちも上高地へ行く途中の桟道が増水のため浮き上がって、やはり徳沢に二日籠城。別々に帰京する結果になってしまった。

この奥穂行きで、私の知ったことは、晴天の時は山は美しく快適であるが、ひとたび天候がくずれると、あらゆる危険の可能性が突如数百倍に拡大されて、登山者に迫ってくるということであった。

すぐれた登山家は勇敢であるとともに、ある場合は平気で憶病になれる人でなければならぬということを聞いたことがあるが、この小さい経験からも、私はそのことを痛切に感じた。

N君はその後からだを痛めて、半月後の現在、まだ平常に回復していない。しかし、先日会ったら「来年こそ奥穂のてっぺんに行きたいですな」といった。

（昭和三十二年八月四日・毎日新聞）

穂高行

去る七日に、私は親しい友達と北アルプスの涸沢岳に登った。一昨年は涸沢小屋まで登り、昨年は穂高小屋まで、今年はどうにか涸沢岳の山巓を踏んだ。三年計画で漸《ようや》くにして穂高連峯の一つの峯の頂上に立つことができたわけである。

山から降りて来ると、私の真黒に陽やけした上にさらに雪やけで赤く塗られた顔を見て、たいていの人が、いつから山に登り始めたかとか、いつから山が好きになったかときく。その度に私は多少の迷惑さを感じながら、私の山歴を披露する。

私は山と名のつくところでは穂高しか知らない。穂高以外では、郷里伊豆の山村の、熊の山と称する村の墓地のある小さい丘ぐらいである。幼いころ、伊豆の山々をかけまわって遊んだことはあるが、そのころ高い山だと思っていたものは、今見ると小さい丘の単なる重なりにすぎない。ここ数年来、各地をだいぶ旅行して歩いたが、少し高いところへは、ほとんど自動車を使っているので、自分の足で一歩一歩高処へ足を運んで行くという作業には、私は全く無縁であった。

その私が、初めていきなり、日本のアルプスといわれる穂高に登ることを志したのは、一昨年の九月である。

ある晩、親しい友達数人と酒を飲んでいる時、話はたまたま月見のことに及んだ。そして観月の宴を張る候補地を幾つか挙げているうちに、一人が、それならいっそ涸沢小屋に登って月見をしたらどうかと言い出した。すると一人が賛成した。言い出したのは『谷川岳研究』『登山技術』等の著者で作家の安川茂雄氏で、賛成したのは『スキー入門』の著書を持つ作家瓜生卓造氏、その他の三人は涸沢がどこにあるかさえ知らぬ連中だった。そしてその場で山行きが決定した。

九月の初め、私達一行はいっぱしの登山家に見えるいでたちで涸沢に登った。お蔭で私は上高地の風光も、徳沢附近の樹林地帯の美しさも、梓川の流れの冷たさも、本谷からの急坂の苦しさも初めて知ったのであった。そして、雪渓を長い裳《もすそ》のようにひいた前穂、奥穂、涸沢岳、北穂等の北アルプス連峯にかこまれた涸沢ヒュッテで、ひどく疲れた体にアルコールを少しずつ落し込みながら、遅い暗い高山の月を観たのであった。

この涸沢の月見で、私の気まぐれな登山は、本来なら当然終止符を打つべきであった。ところが、朝日新聞に『氷壁』を連載することとなって、こんどは否応なしに仕事で穂高へ登らなければならなくなった。

『氷壁』を連載し始めると間もなく、私はさしえの生沢朗氏、朝日新聞社学芸部のM氏たちと、安川茂雄氏に同行してもらって雪のちらつく中を上高地へと目指した。この時は雪のため、やむを得ず中の湯から引き返さなければならなかった。

次いで翌三十二年の五月に、やはり同じ四人のメンバーで徳沢を目指して出掛けた。まだ一人の登山者の姿も見受けられなかった。この時も雪のために明神池のところから引返すのやむなきに到った。

次いで七月、前年の涸沢観月の時のメンバーに更に二人のしろうとを加えて、こんどは装備を完全に整えて出発した。『氷壁』は半分以上進んでいたので、どうしても作者として北アルプスの稜線を踏んでおく必要があった。この時はどうにか目的通り穂高小屋にたどりつくことが出来たが、小屋に着くと間もなく、局地的な暴風雨に襲われ、直ぐ引返さなければならなかった。この日は、私たちはアノラックを通す豪雨の中を、全身ずぶぬれとなって、十三時間も歩き続けて、夜遅く徳沢小屋に着いた。本谷の橋も、横尾の橋も私たちが渡ると間もなく流されてしまった。私は、山というものの、死がたちどころに充満して来る怖しさをこの時初めて知った。平生女性的な美しさだと思っていた梓川の怒れる姿も目にすることができた。

ざっと書いたが、以上が私の山歴である。山が好きで、山に登りたくて登ったのではない。初めは月見をするために、それ以後は全く仕事のために、親しい友人たちに応援されて登ったのである。

しかし、こんどの去る七日の穂高行は仕事のためではなかった。『氷壁』は既に終ってしまっているし、再び登山に取材した作品を書こうという気持も現在の私は持っていないからである。私はこんど初めて本当に山へ登りたくて登ったのである。これは私ばかりではない。他のメンバーも同じことである。安川、瓜生両氏を除いては、いずれも私同様のしろうとの即製登山家であるが、これまでの穂高行において、私を動かしたものが仕事であったというなら、彼等を動かしたものは正確に言うならば、それはおそらく好奇心であったようである。ところが、こんどの穂高行においては、彼等もまた私と同じように、本当に山に登りたくて登ったのであった。私たちパーティーの各メンバーは、いつの間にかそれぞれ山に取りつかれてしまったようである。こんどの穂高行においては、前より一層装備を厳重にし、キャラバンシューズを革の登山ぐつに変え、借物のピッケルを廃して、自分のピッケルを持ち、各自がそれぞれに真剣であった。

みんな穂高だけしか知らない奇妙な連中ばかりだが、涸沢までの行程なら、これまでの三回の経験でよく知っていて、話だけ聞いていると、いい加減な登山家はだしであった。私だけの場合をいえば、わずか一年半ほどの間に五回も穂高を目指していた。

七月七日、七夕の夜を私たちは満天の星に包まれた涸沢ヒュッテで眠った。この日は夕方まで雨が落ちていたが、夜になって雲が散り、その間から都会で見るよりずっと近いところから降り注ぐ星を見た。

翌八日は一点の雲もない程気持よく晴れわたっていた。七月にはいってからずっと雨続きだったのが、幸運にも晴天に恵まれたのである。

涸沢ヒュッテを出たのは七時、二つの雪渓と一つの大きいガレ場を越えて穂高小屋に着いたのは十一時、一休みすると濃い霧が谷底から沸き起って来て、全く視野を閉ざしてしまった。霧はいっこうにはれそうもない。私たちは奥穂へ登るつもりの予定を変更して、幾らかでも霧の薄そうな涸沢岳へ登ることにした。涸沢岳は全く岩の堆積である。私たちは霧の中を一歩一歩足場を確かめては登って行った。

一時間程で山巓に着いた。山頂を踏んでいると間もなく、極く短かい時間だが霧がはれた。全く信じられないようなはれ方であった。

私は自分たちの立っている絶壁の下に、岐阜県側にたくましく口を展《ひら》いている滝谷の全貌を見た。『氷壁』の主人公魚津が遭難した滝谷である。私ばかりでなく、みんなその大きい沈鬱な景観に息を飲んだ。アルプスの一角は大きくえぐり取られ、そこに気難しい岩石と黒カッ色の山肌があらゆるものを拒否する面貌で口を大きく開けていた。はるか下の底の方に雄滝、雌滝が糸くずのように小さく見えている。私は『氷壁』の中でこの滝谷だけは自分の目で見ることなく書いた。写真と記録と何人かのそこの登攀を試みた登山家の話が、私のわずかな手がかりであった。私は私なりに滝谷のイメージをかなり色濃く持っていたが、思いがけず本物の滝谷を眼下に見下して、私は不思議な感動に襲われた。魚津はここで死んだのであったかと——。

そしてその感動が、次第に一種言い知れぬ物哀しいものに変って行くのを、私は再び閉ざし始めた霧の流れを見詰めながら感じていた。

（昭和三十三年七月二十一日・「朝日新聞」）

涸沢にて

私は毎年、正月になると今年こそは日記をつけようと思うが、ついぞ今までそれが実行されたことはない。中学時代からのことだから今日まで三十何年、日記をつけようという気持だけは失わないで持っていたわけである。

日記はつけなかったが、中学時代に一冊のノートを持っていて、それに時々感想風のものを書いてみたり、『出家とその弟子』の読後感を書いたり、当時、同じ沼津に住んでいた若山牧水の歌集の中から、自分に気に入ったものを二十首程選び出して、それを書き写したりした。そんなノートが五、六冊はあったと思う。いまはそのうちの一冊も残っていないが、そうした随想とも日記ともつかない文章でノートを埋める習慣は、それからずっと断続的に今日まで続いている。四高を受験して合格した日のことや、金沢で家が火事で焼けたその前後のことなどをかなり克明に感傷的な文字で綴ってあるノートもあった。焼きたい気持と焼きかねる気持があって、十年程前までどこかに残っていたが、疎開の時破ってしまった。いまは破ったことを後悔している。輜重兵《しちょうへい》で応召して北支を馬と一緒に歩き廻った当時のことは、毎日新聞社の社員手帳二冊に拡大鏡でなければ読めないような小さい文字で記され、現在も残っている。鉛筆の文字は薄れてしまっているが判読できないことはない。新聞記者時代は自由日記という日附の書かれていない同じ体裁の日記帳五冊に、それこそ気が向いた時だけ書き記す形で、いろいろのことを書きつけてある。上役に対する悪口も書いてあれば、奈良の仏像のことも、小説の読後感も書いてある。どういうものか法隆寺の壁画摸写を取材に行った時のことがかなり詳しく綴ってあって、私はこれをもとにして、芸術新潮に当時の法隆寺のことを書いたことがある。

現在もそんな我儘な書き方をする大学ノートを持っている。いまは専ら実利的になり、他日仕事の上で必要だと思うことの覚え書が多い。日記というより、創作ノートとでもいうべきものである。このノートに、最近やや克明に日記風に書き続けたのは中国旅行の時である。これは文学界の『朱い門』を書く上に専ら役立っている。

あいにく、今月は私のノートには穂高へ行った日の三、四日のことが書かれてあるだけで、あとはブランクである。来月からは多少意識して、私は私のノートを埋めることになるだろう。

七月六日

五時半に床を離れる。今日は穂高へ出発する日なので忙しい。二時半に脱稿したニッポンの『波濤』を読み返して、講談社の佐久君が来たら渡して貰うように姪に頼む。洗面していると、文藝春秋新社の樋口氏が出発の写真を撮りにやって来る。直ぐジャンパーを着て、同行する長女に詰めて貰ったリュックを持って玄関へ出る。七時五十分に新宿駅着。列車は既にホームに入っている。

同行のメンバーはみんな顔を見せている。瓜生卓造、*長越茂雄、生沢朗、平山信義、野村尚吾、森田正治、加藤勝代、西永達夫、小松伸六、福田宏年、三木淳氏等、それに娘、娘の友達の阿部嬢。このうち三木氏はニッポンの仕事で同行することになったのである。

曇っているので一同天候のことを心配している。瓜生、長越、生沢、野村、森田氏等は一昨年初めて穂高へ行った時からの仲間で、以後ずっと穂高へ行く時はいつも一緒、去年はそれに平山、福田氏が加わり、今年は小松、加藤、西永、娘、阿部さん、それにカメラの三木さんと新顔が五名もいる。リーダー格の長越、瓜生両君はこの素人の大パーティにさぞ骨を折ることだろう。

一時半松本着、駅よりステーション・ワゴン一台。ハイヤー二台に分乗して上高地に向う。途中沢渡《さわんど》の西村屋で休憩。この店は一昨年の十二月来た時はいかにも田舎の茶店といった恰好で、狭い土間の向うに爐を切ってある部屋があり、そこで神主さんが酒を飲んでいたりして、暗いがなかなかいい感じだったが、登山ブームのためか、一年半程の間に、店の構えが見違える程大きくなり、温泉町の駅前の土産物屋風になっている。土間にタヌキが箱に飼われているが、前はタヌキがいかにもこの店らしくてよかったのだが、いまは単に奇妙な客寄せになってしまっている。

四時半上高地に着く。五千尺旅館で二十分程休憩して、すぐ身ごしらえして徳沢に向う。間もなく小雨がぱらつき出し、樹林地帯へはいると夕暮の暗さを思わせたが、林を出るとそれ程でもない。

明神池附近で本当に昏れる。二時間歩いて、七時に徳沢園へ着く。連日の雨のために泊り客は学生が一組のみ。お蔭で二階四室と階下二室を占領。生沢朗氏とここでは一番上等の部屋を貰う。

七月七日

七時起床、曇っている。久しぶりに徳沢園の横の冷たい川の水を掬《すく》って顔を洗う。広場は唐松草の白い花が真盛り。楡《にれ》、桂の大木の間を歩く。八時、勢揃いして徳沢園を出る。すぐモミ、ヤツダモ、コメツガ、サワラ、カラマツ、タケカンバの樹林地帯。ここを歩くのが穂高へ来る楽しみの中で一番大きいものだ。今日は曇っているので、樹間を透かして落葉の上にこぼれる陽の美しさは見られない。

今日は有馬、上條の二人のボッカさんが加わっている。二人に荷物をかついで貰い、ピッケル一本手にして歩いて行く。リュックを背負わないのは自分だけで気が引けるが、年齢に免じて特別にして貰う。できる限り楽をして山へ登ろうというのだから、こういうのは登山とは言えないのかも知れない。有馬さんは歩きながら路傍に花が咲いていると注意して教えてくれる。オーバユリ、マルハタケブキ、トリカブト等。

奥又白が見えて来る。まだ雪が多く、白い裳を長く曳いている。歩いて行く道はゴゼンタチバナの花盛り、極く小さい可憐な花である。それから一尺程の茎の先端に白い小さい花をつけているシキンカラマツ、紫の小さい花を持っているショーキラン、土から白い花を虔しく覗かせているギンリョウ草。

桟道を通り梓川の岸に出る。対岸は化粧柳の林。去年五月に来た時、ここで芽を出しかけた化粧柳の美しさに見惚れたことのあるのを思い出す。

横尾の磧に出たところで休憩。蒲柳《ほりゅう》の質たることを自他共に許す小松氏は一人徳沢に泊ることになっていたが、ここまでついて来て、引き返す。磧には黄色の小さい花をつけているオシドリ草、朱色の花を咲かせているクルマ百合。

横尾の出合でまた休憩。ここを出ると、シラビ、唐松、榛の木の林が続く。この林を歩くのも楽しいことの一つである。

岩屋附近で対岸に迫っている屛風岩を見上げる。第一ルンゼの下部に雪渓があり、その下のタケカンバの林はいまが新緑。雪の白とタケカンバの緑が眼の覚める程の美しさである。第二ルンゼの左の岩が大きくかけている。今年になってからかけたのだそうだ。その石が川を越えて、こちら側の林の中に落ちているのを、有馬さんが教えてくれる。

本谷の出合で大休止、昼食。いよいよこれから三時間の急坂。喘ぎ喘ぎ登り始める。本谷の雪渓が直ぐそこに見えている。このあたりまで来ると、植物の世界はまだ早春、ハリ蕗はやっと芽を出したところ。ミヤマ桜は咲いているのもあり、蕾のもある。山の斜面はまだ一面の雪、今年は例年より雪が多いそうだ。雪崩で雪が下に降りたのだという。五分ごとに一息入れては登って行く。途中雨が降り出したのでアノラックを着るが、間もなく歇《や》んでしまう。先頭のボッカの上條さんのあとをついて行く。去年、一昨年に較べると、ずっと楽である。脚が多少山登りに慣れたのかも知れない。

考えて見ると去年山へ登ってから、この一年、山へ登れなくなるための訓練ばかりして来ているようなものだ。徹夜、夜ふかしの仕事、飲酒、外出は自動車、平らなところでも歩くことは殆どない。そして突然山へ登り出したのだから体はずいぶん驚いていているだろう。

三時間で涸沢の下方の最初の雪渓へ出る。ここではナナカマドが雪面から黄色の芽を出している。

四時に涸沢ヒュッテに到着、前穂、吊尾根、奥穂、涸沢岳、北穂等に取り巻かれたスリバチの底の小屋。丁度一年ぶりで雪の山々に囲まれた小屋へはいる。去年は昨七月六日夜ここに泊り、今日の午前中穂高小屋へ登った。そして午後に暴風雨に遇って、アノラックを滲透する豪雨の中を十三時間かかって徳沢へ降りた。その時の辛さは、よくしたもので、いまはもう誰の胸からも消えている。

七時食事。瓜生氏の腕を揮《ふる》った野菜サラダ、有馬さんが登りながら採ったタケワラビの煮つけが美味い。ビールを少し飲み、明日早いのと電燈もないところなので一同九時床にはいる。生沢、野村、長女、阿部さん、それに自分と五人が一室。疲れと寒さのため、夜半三回眼を覚ます。最初の時は時計を見ると十一時、外へ出ると、震え上がる程寒い。屏風岩完全に霧に包まれている。吊尾根も霧。前穂、北穂のみ霧の中から僅かに頭を出している。

二時半、もう一度起きて外へ出る。霧は依然として濃いが、北尾根の六峯に半月がかかっている。月は小さい赤い輪を持っている。

四時半に眼覚めた時は、月は四峯の上に移動していた。白い半月。涸沢槍から前穂へかけて陽が当っている。何とも言えぬ暖いだいだい色である。併し、太陽はどこにも見えぬ。間違いではないかと思って時計を見るがやはり四時半。山はいかにも寝足りて休まったといった感じで、岩は白っぽく、山の線は鮮明である。そして岩にくっついているタケカンバの緑は昼間よりずっと濃くなって見える。五時半になって陽が屛風の頭より昇り始める。穂高と反対側の東大天の方は青く澄んでいる。ここが朝焼けすると雨になるそうだが、今日は大丈夫らしい。

七月八日

六時起床、八時出発。申し分のない快晴。このところずっと雨だったのに、幸運にも晴天にぶつかったわけだ。小屋の人に訊くと、今年は今までに涸沢へやって来たのは約五百人、その半分がここから下山し、半分が奥穂や北穂へ発ったという。案外少いと思う。

小屋の裏手の雪渓を一列に並んで北穂よりに取りつく。そして間もなく小さい雪渓へ出る。三木氏は昨日も今日もカメラを抱えて隊列から離れては、飛び廻ってシャッターを切っている。他の者の倍近く歩くことになるだろう。それでいて、登山は初めてだというから驚く。いまにバテルだろうと心配してやるが、いっこうにバテそうな素振りも見せない。

雪渓を越え、岩場へ出て、また雪渓へ出る。そして雪渓の真只中に置かれてある大きい岩の上で休む。時計を見ると八時、屏風岩のあたりから霧が湧き起っている。もうヒュッテは見えない。ここでみんな靴にアイゼンをつける。

ザイテングラード横の岩場へかかると、下は全くの霧の海。併し、ガレ場は陽が当っていて、体を動かしていると全身汗ばむ。大きい雪渓へ出る。瓜生、長越両君、ボッカさんに手伝って貰ってザイルを張る。一同ザイルを握りながら雪渓を渡る。

再び岩場、こんどは傾斜が烈しい上に足場がひどく悪い。木は這松だけ。高山植物の多くはいま芽を出したところ、併し、この辺から見る空は、雲の形も、その流れの方も、空の青さも既に秋である。下方を見ると霧の中に蝶ヶ岳の頭だけが見える。下方からの霧に追いたてられるようにして登って行く。

岩場の中途にお花畑がある。ツガザクラの桃色の花、イチゲの白い花、タカネウスユキ草の薄桃色の花、シナノキンバイの黄色の花、花はどれも小さく可憐である。次の雪渓で再びザイルを張る。高処ノイローゼの野村氏に瓜生、長越両氏付き添っている。野村氏はこのパーティでは一番古顔の一人で、一昨年からのメンバア、山は好きである。ただ高いところに登ると足が動かなくなる。

十一時穂高小屋に到着。霧が小屋を包んでいる。昼食。奥穂高全く霧で見えないので、目的を変更して涸沢岳へ登ることにする。この方が霧が少い。野村氏疲れているので小屋にとどまることにする。涸沢岳は岩石が積み重っている山である。一同足場を確めて、一歩一歩登って行く。その間も霧は流れて来たり霽《は》れたりする。二時、山巓に辿り着く。一休みしていると霧がはれる。全く信じられぬような霽れ方である。断崖の底に滝谷の全貌が浮かび上がっている。穂高の飛驒側を大きく抉《えぐ》り取った谷である。『氷壁』の主人公魚津を遭難させた谷である。北穂、涸沢槍は遥か下方に見える。

二時、穂高小屋に降り、小憩後すぐ下山の途に就く。四時半涸沢小屋着。再び、休む暇なく徳沢へ向う。帰途は一同黙々として歩く。横尾の出合を過ぎる辺りから日が昏《く》れる。殆ど休みなしに歩く。強行軍である。一番元気だった三木さんも疲れたのか、隊列の間に挟まって沈黙をまもり続けている。梓川の磧で休憩した時、生沢氏、自分のザックを人のではないかと言う。夜で色がよく判らないためもあったろうが、やはり疲労しているのだ。

八時半、徳沢園の燈火を樹林の間に見る。全く仕事から離れた三日目は終ろうとしている。徳沢園へはいったら、すぐビールを飲みたいと、背後でだれかが言っている。とたんに足が石のように重くなり、動かなくなる。両手で持ち上げないと動かない。自分ながら奇妙だと思う。列から離れて、少し遅れて、重い足をゆっくりと交互に動かして歩いて行く。

（昭和三十三年九月・「新潮」）

＊編註　長越茂雄は79ページの安川茂雄と同人物で本名は長越成雄。著書『谷川岳研究』（一九五四年・朋文堂）などでは長越茂雄の名前を使っている。

ただ穂高だけ

　私は登山というものには全く縁のない人間だと、少年時代から思い込んでいた。中学校時代はあまり山と縁のない静岡県東部の都市で過し、友達にも山登りするような連中は一人もなかったようである。金沢の高等学校へはいって、初めて登山部の連中と知り合ったが、私は彼らに何の関心も持たなかった。山へ登るということに若い日の情熱を注いでいる一群の学生たちに、正直に言って理解し難い奇異なものを感じていた。

　私が登山というものに、はじめて関心らしいものを持ったのは、登山部の連中の宿舎であった何とかいう塾へ行った時である。塾といってても別にそこで特別なことが行われているわけではなく、昔からただそこが代々の登山部員たちの宿舎になっているというだけの話であったが、そこへ試験の時、私は級友のノートを借りに出掛けて行ったのである。そしてその時、その宿舎の柱や壁にやたらに落書されてある多分に感傷的で、英雄主義的で、どこかに哲学的な匂いのするようないろいろな言葉を見て、登山というものの全く自分の知らなかった一面を覗いたような気がしたのであった。

私は当時柔道部の選手生活をしていたが、柔道部の合宿所や道場に書きつけられてある言葉と較べると、その登山部の連中の宿舎の落書はずっと高級であった。そして、自分たちが敵《かな》わないと思ったのは、「死」という文字がそこには沢山使われていたことである。

実際に登山部は沢山の山で死んだ先輩を持っており、そこに書きつけられてある「死」という文字も、観念としての「死」でなく、実際に現実の出来事として起った「死」であった。私は登山部員というものを、その時改めて見直したような気持になったのであった。

しかし、それはそれだけのことで、その後大学を出て、社会人となってからも、ずっと私は山というものとは無縁なまま長い歳月を過した。私が登山家というものに、はじめて関心というよりは、強い興味を持つようになったのは、『あした来る人』という小説を書くとき、それに登山家を出したく思って、朝日新聞社の学芸部のあっせんで、加藤泰安、島田巽両氏にお会いして、いろいろ山の話を伺ったときである。両氏とも山にたいする情熱をまだ失っていず、両氏の語る話はすべて私にはひどく純粋に美しく感じられた。

それから更に三年程経って、私の交際している文学をやっている若い人たちの中に、長越茂雄、瓜生卓造両氏がいて、ある酒宴の席での話から、穂高の涸沢小屋へ月見に出掛けようということになり、それが不思議にすらすらと実現し、私は生れて初めて高山の山ふところに一夜を眠ったのであった。そしてそれがきっかけとなって、私は『氷壁』という登山に取材した小説を書くようになり、そのために、否応なしに何回か穂高へ出掛けて行くような仕儀になったのである。

従って、私は五十歳近くになってから初めて山というものに登ったわけで、しかも一度登ると次々に何回か登らざるを得ないような廻り合せになったのであった。そして現在では、仕事とは無関係に山というものに惹かれるようになっている。私ばかりでなく、私のおつき合いで私同様初めて山に登った連中も、いまはそれぞれ山というものに取り憑かれ、山に夢中になっているようである。

いい年をして、山とは変なものに趣味を持ち出したものですねと、よく人から言われる。併し、そうした時、大抵私は黙ってにやにやしている。山の魅力というものは、山に登ったことのない者にはとうてい理解して貰えないからである。涸沢小屋から見た穂高連峯の美しさも、上高地から横尾の出合までの樹林地帯の美しさも、それから稜線に辿りついた時の楽しさも、そこへ足を踏み込んだことのない人には判って貰うことはできない。

私はこれからも何回か山へ登るに違いないが、いつも登る山は穂高に限られているることだろうと思う。変な言い方だが、穂高という山に惚れているからである。穂高以外に、どんな美しい山があっても、どうもこの自分には新しい山に登る気持は起きそうもない。他の山へ登ると、どこかに穂高に義理の悪いような気持が残りそうな気がする。私の山は穂高だけである。ただ穂高だけである。ここらあたりが、五十近くなってから初めて山に登った素人登山家の素人登山家たるところであろうか。

（昭和三十四年二月・「アルプ」）

穂高の犬

私は犬も、猫も、小鳥も、総じて生きものを飼うのは余り好きではない。私の両親も、祖父母も生きものを飼うのは好きでなかったらしく、物心ついてから私は、自分の家に犬や猫が飼われていた記憶を持っていない。そうした家庭に育ったので、自然に生きものに馴染が薄くなったのであろうが、併し、それは半分の理由で、もっと本質的に私自身の性格の中に生きものを敬遠する何ものかがあるようである。

犬などが尻尾を振ったり、じゃれついたり、馴々しく近寄って来たりすると、ついとそこから離れてしまいたい衝動を感ずる。向うは親愛の情を示してくるわけで、犬の好きな人は、そうしたところに堪まらなく可愛らしさを感ずるわけで、そうした気持も判らないわけではないが、私は反対にむしろそこにある煩わしさを感じてしまうのである。

画家の福田豊四郎氏は、いつか私に、「自分は生きものが好きで、犬も、猫も、小鳥も、いろいろなものを飼った。併し、飼ってみて、結局、一番しゃもが可愛い。しゃもは尻尾も振らなければ、じゃれついても来ませんからね」と言った。本当にしゃもが可愛いくて堪まらないといった話し方であった。その時、私はそれを聞いていて、いろいろ生きものを飼った人が最後に行きつく心境はしゃもかも知れないなと思った。福田さんの気持が何となく判るような気がした。

併し、そうした生きもの嫌いの私であるが、四、五年前からずっと私の家では犬を飼っている。一匹が死ぬと、すぐ替りに新しい一匹が家族の一員として登場して来る。妻と子供たちが犬が非常に好きだからである。

一昨昨年〈昭和三十一年〉の秋、初めて穂高に登り、涸沢小屋に泊った時、その小屋にエコーという犬が飼われていた。雌犬だった。小屋へやって来る山の常連たちは、みな小屋へ着くと、エコー、エコーとその犬の名を呼んだ。犬が好きでない私は、三千メートル近い高処に住んでいる犬に多少好奇の眼を当てたが、それ以外さして何の関心も持たなかった。

ところが翌日、私たちが下山し始めると、エコーは私たちについて山を下り始めた。途中で引き返すだろうと思っていたが、横尾の出合まで来ても、徳沢まで来ても、エコーは私たちから離れなかった。私たちの前になったり、後になったりしてついて来た。私たちが休むと、エコーもまた、私たちとかなり離れたところで休んだ。

そしてエコーは何時間か一緒に私たちと行動を共にして、ついに上高地まで来てしまった。そして上高地の旅館の見えるあたりまで来ると、くるりと向きをかえて、もと来た道を帰り始めた。

「エコーが帰って行く」

仲間の一人の声で、私も振り返った。今までとは違って、かなりのスピードを出して、小梨平を走って行くエコーの背後姿が私の眼に映った。

私はこの時、エコーが好きだと思った。私は初めて犬でも、エコーのような犬はいいなと思った。それにしても涸沢小屋まで帰るのは思ってみただけで大変だった。私ならくたくたになって、八、九時間歩かねばならぬ行程である。エコーのついてきかたも堂々として、少しも甘ったれたところはなかったし、帰り方もいさぎよくて、胸のすくところがあった。

私はエコーに子供が出来たらほしいなというようなことをその時仲間にもらした。

それが飼主に伝わっていたのか、それから一年程して、突然エコーの子供だという子犬が、上高地付近の部落から箱へ入れられて鉄道便で送られて来た。

妻と子供が品川駅へ取りに行った。まだ生まれて二ヵ月程の小さい犬で、家へ連れて帰ると、絨毯の上をよちよちと歩いた。二日程、乳も飲まずよく生きていたと思った。

子供たちはわいわい言いながら、小犬に牛乳を飲ませ、庭の芝生の上に置いた。すると、小犬はいきなり庭を駈け出した。よちよちしていたが、それでも走った。必死な走り方だった。

やはりエコーの子供だなと思った。この犬は母親と同じようにエコーと名付けられ、いまも私の家にいる。躰は小さいが、精悍で、おそろしく気が強い。やはり雌犬であるが、雄犬よりも気が荒く、雄犬を絶対に近よらせない。そんなところもわが意を得ている。

私はこの犬だけは好きである。

（昭和三十四年五月四日・「週刊読書人」）

山なみ美し

幼時、私は伊豆で朝晩天城山の青い稜線《りょうせん》を仰いで過した。天城が曇るとカサを持って学校へ出掛け、天城の山巓《さんてん》が少しでも頭をのぞかせていると、雨が降っていても雨具は持って行かなかった。

私が悠久という思いを教わったのは、少年時代、夏の終りになるとわいてくる、天城山の上に置かれる白い雲からだった。雲は動くともない静かな動きかたで、東から西へと移動していた。

金沢の高等学校時代、私は暇さえあると犀川大橋の上に立って、遠くに見える白山を望んだ。春の白山は私に希望を、冬の雪に化粧された厳しい白山の姿は私に死を思わせた。

社会に出てからは、私は信濃へ旅行することが好きになった。信濃が全くの山国であるからだ。研ぎすまされた刀の切先やノコギリや、ヤジリのような鋭さをもった山々に囲まれていると、不思議に、私はある落着きと安らぎを感じた。

信濃の山々は春夏秋冬、烈しい変化をみせた。殊に標高が高くなればなるほど、それが著るしいことを私は知った。夏の山の美しさを知ったのは信濃においてであった。遠くから見ていても、山は少しの光線の変化にもすぐその色彩を変えた。動かない山を終日見ていても飽くことはなかった。

戦争中、私は中国山脈の尾根に疎開した。遠い山脈《やまなみ》の上に浮かぶ雲と、そこを越えて行く鳥と、吹き渡って行く風とを見て、私は戦争が終り、人々が平和に生きる日の必ず来ることを信じた。

戦後ふとしたことから、私は北アルプスの穂高に登る機会を持ったが、どちらかといえば、山へ登るということより、山を仰ぐことの方が好きだ。目なかいに立つ山を仰ぐのもいいし、遥かな山脈を遠望するのも好きである。山脈の稜線には何かがあるからだ。少年の日のように、そこにあるものが悠久だとばかりは思わない。悠久をも含めて、もっと複雑な人の心をしんとさせる何かがある。

（昭和三十四年七月二十一日・讀賣新聞）

山の美しさ

登山ブームはいっこうに下火にならない。若い男女が山へ登る現象は、年々歳々盛んになるばかりである。夏山でも冬山でも遭難者は続出するが、青年たちの山へ登る気持はそのために少しでも抑制されているようには思えない。

私は山へ登る青年たちは好きである。少くとも都会で映画館や喫茶店へ出没している青年たちよりも好きだ。自動車やオートバイを得意になって乗り廻している青年たちより、数倍も好きなことは事実である。

併し、その山を登る青年たちが、遭難するのを聞くのは、何とも言えず厭な思いをする。好き好んで遭難する者はないわけだし、万全を期して山に対っても尚不慮の災難というものはあるわけだが、結果から見て、いかなる理由に依るとしても、私は山で生命を落すということを肯定することはできない。どこかに山への陶酔と甘えがあるような気がして厭だ。山に於ける遭難者に対する一般の人の考え方にも亦同じものを感ずる。

恋愛している男女の姿は好ましいものだが、恋愛に酔って、恋愛の名に於ていかなる無理でも押し通そうとする人間は嫌いだ。それと同じように、登山の名に於て、自分が英雄たらんとすべく生命を軽々しく扱うような気持があるとしたら、私はそうした青年たちを軽蔑する。登山家たるからには、甘えや陶酔は、彼等自身が最も軽蔑すべき感情でなければならないだろう。何事にも、山の美しさにさえも酔えないのが、本当の登山家の精神である筈だ。

山は美しい。山の美しさは山へ登った者しか知らない。併し、登山家はその山の美しさに魅せられて登るのではない。山へ登った結果として、山の美しさを独占できるだけのことである。

登山の価値は美しい山へ登ることではない。山へ登って、山の美しさを自分のものにすることではない。山へ登るという行動そのものの中に価値があるのであろう。

何故山へ登るのか。山がそこにあるからだ。——有名なこの言葉はおそらく真理であろう。山が美しいから登るのでもなければ、自分の力の限界を知りたくて登るのでもない。自分の力の限界を験《ため》すなどということは滑稽なことだ。自分という小さな取るに足らぬ人間の限界など験したって始まらないではないか。

山へ登るのは山がそこにあるから登るのである。そこにある山は、いろいろな可能性を持っている巨大な土の固まりなのだ。雲も湧かせることもできるし、霧をつくることもできる。人間を小さな点として一呑みに飲み込んでしまう雪崩を起すこともできる。大小の石を落下させることもできれば、おそるべき気温の降下を一瞬の間になし遂げて、人命を凍らせることもできる。

そうした山であるからこそ、そうした山であればある程、人々はそれに挑戦して行こうとする。大自然の脅威に対して、小さな人間が立対うのであるから、余程の武器をもって攻撃に当らなければならぬ。強靭《きょうじん》な意志、正確な判断、強固な体軀、周到な準備、そして何よりも生命の貴さを知り、それを大切にする精神。これらの一つでも欠けたら、すぐ相手にしてやられるだろう。

自然を相手としたこのゲームは、人間が持っているあらゆる勝負の中で、最も高級なものと言えよう。これ以上に、人間の心と体が一体となって高度に動員され、参画するゲームは他に見当らない。

そしてこのゲームに於て登山家に与えられている命題は、絶対に敗けてはならぬということである。天候によって登山を中止して引返すことは敗けることを意味しない。もう少しなのだからと、そこで自分を抑制できない気持を持ったら、それは明らかに自然に対して敗けたことになるだろう。

山の美しさはこのゲームに於ける勝利者だけが知るものである。遭難して死んで行く人間に、山は決して美しく見えない筈だ。山で死んだ人間に山が美しく見えるだろうなどと思うことは、とんだ甘い考えに違いない。

山はその美しさを誰にでも平等に与えようとしている。低い山であれ、高い山であれ、そこへ登った者には山は美しいのである。山の美しさは登山者だけのものである。山の美しさを自分のものとするために大いに山に登るがいい。併し、山で生命を棄ててはいけない。何人も山で生命を棄て、周囲の者を悲しませていい権利は持っていないのである。遭難者は登山の犠牲者ではなく、敗者である。

（昭和三十五年七月・「若い女性」）

沢渡部落

穂高へ登るには、大抵島々まで電車で行き、島々から上高地までバスか自動車に乗るが、島々から上高地までの間には、なかなかいい部落がある。稲核《いねこき》・沢渡《さわんど》共に私の好きな聚落である。

この四、五年登山ブームで、沢渡などには登山者相手の店屋ができ、すっかり観光地めいてしまったが、『氷壁』を書く頃は、小さな店屋が一軒あるだけで、淋しい小さな部落だった。

冬期は、バスは雪で上高地までは行けないので沢渡が終点になる。夏期はここが島々、上高地間の丁度中間にあたる地点なので、沢渡はバスやくるまの休憩場所になる。そんな関係で、沢渡はすっかり登山者には馴染みのある聚落になってしまい、ここ四、五年でそのたたずまいを改めてしまうに到った。

それに較べると、稲核の方はバスが通過して行くだけなので、以前と聚落の表情は変っていない。稲核という名もいいし、道の両側に一つ竝《なら》びに竝んでいる部落のさびれた貌もなかなかいい。ここから出る菜を稲核菜と言っているが、私の好物の一つである。

『氷壁』を書き出す年の初夏に、私は初めて穂高に登った。その時、くるまで稲核、沢渡の二つの部落を通り、山の部落としての強い印象を受けた。二回目に行ったのは、『氷壁』を書き出して間もない頃で、十二月の終りだった。稲核にも沢渡にも雪が落ちており、くるまの走る道路の周辺は雪で真白になっていた。稲核でくるまを停めて、その部落を端から端まで歩いた。道の両側の家はみんな表戸を降ろしていて、無人の部落のようにひっそりしていた。

稲核を過ぎると、急に雪の落ちるのが烈しくなり、自動車は沢渡まで行くのがやっとだった。沢渡も亦、どの家も表戸を降ろしてひっそりしていた。飲食店とも雑貨屋ともつかぬ店が一軒あったので、そこへはいった。店は土間になっていて、ひどく暗かった。うどん屋によくある卓が一つ置かれてあり、土間の向うの部屋で、僧侶が一人、店の主人らしい人物と一緒にコタツにはいって酒を飲んでいた。この店へはいった瞬間、私は『氷壁』の重要な場面にこの店を使おうと思った。そして実際『氷壁』の中へこの店に登場して貰ったのである。『氷壁』を書き出した頃から登山ブームがまき起り、沢渡も、この飲食店もその余波を受けた。それから私は何回か穂高に登ったが、その度にこの沢渡の店は少しずつ大きくなって行った。現在店はすっかり改造され、以前の面影は失くなってしまっている。五十前後の主人と内儀さんだけが以前のままである。

一昨年行った時、内儀さんは汚れた色紙を持って来て「ここが本当の――屋です」と書いてくれと言った。競争相手の店ができたからである。私は内儀さんの意を体して、この店を『氷壁』の舞台に使ったという一文を認めた。

その奇妙な色紙はいまでも土産物の詰まっている店先に吊さがっている。昨年行った時、大分古くなったから、新しいのを書いてくれと内儀さんは言った。私はそれを引き受けたが、未だに約束を果していない。

冬山の登山者たちは沢渡で身ごしらえをし、ここからスキーを履いて、上高地へと登って行く。ここから上には聚落はない。

私の家へ来る学生が、冬期山から降り、沢渡の灯が見えて来た時は、その灯が何とも言えぬ暖かさで胸に滲み入って来ると言ったが恐らくその通りであろうと思う。私は冬山には登ったことがないので、雪に埋もれた冬の沢渡も、沢渡の灯も知らない。

（昭和四十年六月十一日・東京新聞）

豪雨の穂高

登山家の遭難を取扱った小説『氷壁』を新聞に連載中の昭和三十二年のことだから、今から十三年ほど前のことになる。奥穂に登るために七月五日の朝、東京を発った。一行は作家の野村尚吾、瓜生卓造、安川茂雄、新聞記者の平山信義、森田正治、評論家の福田宏年、それに私。この中、瓜生、安川両君は山の本やスキーの本も書いているベテランであるが、他はずぶの素人である。前年九月下旬同じメンバーで同じ奥穂に登ったのが病みつきで、それ以来やたらに山に登りたくなっている連中であった。

出発に先立って、瓜生君は当時気象庁に勤めていた新田次郎氏に穂高方面の天候について伺いを立てた。それに依ると、この時期は梅雨末期の豪雨がふいに山岳地方を襲うことがあるから注意するようにという、氏の言葉だったという。

出発の日は快晴、東京の町には漸く本格的な夏の到来を思わせる強い陽光が降っていた。

私は『氷壁』執筆のために、前年からこの年にかけて、『氷壁』担当の記者森田君と穂高へは二回足を踏み入れていた。九月にこのパーティーで奥穂に登ったあと、十二月に雪の落ちている中を沢渡まで行き、この年は五月に徳沢小屋まで行っている。いずれも『氷壁』の取材のためであったが、必ずしもそれ許りとも言えない。穂高というところは一度足を踏み入れると、やたらに行ってみたくなる妙なところであった。

私も穂高に熱をあげ、森田君は森田君で熱をあげている恰好であった。東京を発ったその日の夕刻、徳沢小屋にはいったが、上高地から徳沢小屋までの道は、五月に来た時とは全く異っていた。五月の時は、明神池附近にはまだ冬の気配が立ちこめており、冬眠から覚めた何百という蛙が土中から飛び出して来ては、すぐ交尾するふしぎな光景にぶつかったりしたが、こんどはもうすっかり夏になっていた。ケショウヤナギの緑も美しく、ハンの木の緑も美しかった。そうした中を、私は上高地からついてくれた山案内人の有馬さんと一緒に歩いた。有馬さんは私の荷物を全部引き受けてくれ、私は全くの手ぶらであった。

翌朝十時に徳沢小屋を出発、二時間で横尾の出合、更に一時間で本谷の丸木橋に出る。本谷の川原で昼食。更に三時間半で涸沢小屋。瓜生、安川両氏以外の者には、二度目の涸沢小屋である。前年の九月の時は、ここで観月の宴を張ろうとしたくらいで月の美しい時であったが、この夜は月がなかった。一同、その夜はあすの奥穂に備えて早く床にはいる。

翌朝は八時起床、九時出発。快晴とは言えないが、まあ、雨の心配はなさそうである。出発の時は弱い朝の陽が散り始めていた。小屋の台地を降り、北穂寄りの斜面に取りついて、ゆっくりと、休憩を多くして登って行く。安川君がトップに立ち、しんがりに瓜生君が控える。その間に挟まれて私たちは登って行く。

一時間ほどで小さい雪渓を渡り、ザイテングラードの岩場にとりつく。奥穂の小屋がすぐそこに見える頃にもう一つ雪渓があるが、そこを渡る時小さい事故があった。野村尚吾君が躰の平均を失って、雪渓の上で足を滑らせた。結局大事には到らなかったが、そのために、野村君は足首を痛めた。

奥穂の小屋で昼食をとっている時、

「天気が崩れそうだから、すぐ降りよう」

と、瓜生君が言った。私はいくら天気が崩れたとしても、何も周章《あわ》てることはあるまいという気持だったが、

「出発」

と、安川君も怒鳴った。

ザイテングラードの岩場を過ぎる時、最初の雨滴を頰に感じた。なるほど山の雨というものは早く来るものだと思った。

涸沢小屋に戻り着いた頃は、雨脚が烈しくなっていた。ここでもまた、

「すぐ降りよう」

と、瓜生君は言った。

それぞれが勤めを持っていたので、スケジュールを変更することはできなかった。この日は徳沢小屋まで下って、そこに泊り、明日の朝、徳沢を立って、夜までに新宿に帰りつかねばならなかった。足を痛めている野村君だけは涸沢小屋に留まることになった。瓜生君の采配であった。

私たちは涸沢小屋で休息するのをやめて、すぐ下山の途についた。もうその頃は車軸を流すような豪雨があたりを叩いていた。私たちは急坂を休むことなしに、半

ば駈けるように降りた。足がやたらに躍った。

本谷まで降りてほっとしたが、川の流れを見た時は、ほっとするどころの騒ぎではなく、全く息を飲む思いだった。橋の板すれすれに濁流が渦巻き流れている。次々に、私たちは橋を渡った。橋が流れたのは、私たちが渡り終えてから間もない時だったろうと思う。

私たちは橋の最後を見届けている暇はなかった。豪雨の中を歩きに歩いた。天気のいい時は本谷から徳沢小屋までの三時間程の樹林地帯が一番美しく、一番たのしい行程であるが、いまはそれどころではなかった。一面水浸しになっていて、どこが道か全く判らなかった。

山案内人の有馬さんが先頭に立った。有馬さんは黙って水を足で飛ばしながら歩いて行く。果して有馬さんの歩いているところが道であるかどうか判らなかったが、私たちは有馬さんを信用して、そのあとについて行くことにする。屏風の大岩壁を右に見て大きく廻る時、大岩壁に幾つもの滝がかかっているのを見た。凄まじい眺めであった。

やがて早い夕闇が迫り、あっという間に夜が来た。相変らず、車軸を流すように雨は落ちている。夕闇が迫っても、夜が来ても、雨勢は少しも衰えない。いつか躰は氷のように冷たくなっている。ウイスキーの廻し飲みをする。その頃から歩度は落ちた。全く川の中を歩いていると同じであった。時々前を歩いている平山君の懐中電燈の光が背後に廻される。するとそこにはまたがなければならぬ木が横たわっている。私は私でそれを知らせるために、こんどは自分の懐中電燈の光を背後に廻してやる。

それでも夜の九時頃、漸くにして徳沢小屋の燈火を遠くに見ることができた。徳沢小屋の土間にはいった時、私はふらふらになっていた。

翌日、私たちはもう一日徳沢小屋に留まっていなければならなかった。上高地に通じている道が大きく梓川に沿って曲るところにある橋が流されていたからである。翌日は皮肉なほどの快晴であった。山の悪夢は一夜にして終ったのである。

私は山というものの本当の怖さを知った思いだった。瓜生、安川両君が一緒でなかったら、それからまた山案内人の有馬さんが一緒でなかったら、私たちは満足には帰れなかったと思った。本谷に、橋の流失後着いたらどうなっていたかと思う。

再び豪雨の中を涸沢小屋まで引返せる自信はない。それから野村君を涸沢小屋に残して来た措置もよかったと思う。本谷から徳沢小屋までの間、どこにでも死は牙をむいていたと思う。

予定を一日延ばして、新宿に着いた時、出迎えてくれていた新聞社の人は言った。

――あなた方が遭難したというニュースが流れていますよ。

私は感想を求められて言った。

――山は晴れている時は天使のように美しく、優しい。しかし、ひと度天候が崩れると、到るところに死が充満して来る。宛《さなが》ら悪鬼ですね。しかし、やはり、山にはまた行きたいですね。

私の談話は新聞にはのらなかった。遭難しなかったので、ニュースバリューがなかったのである。

（昭和四十五年七月・「小説サンデー毎日」）

旅の話

去年（昭和四十六年）は旅行が多かった。三月にサンフランシスコに出掛けた。サンフランシスコを舞台にした小説を書いているので、春のサンフランシスコを見ないより、見ておく方がいいといった程度の気持ちから、二十日ほどの日数をさいたのである。

九月から十月にかけて、アフガニスタンの北部とネパールを訪ねた。親しい若い登山家のI君から、ヒマラヤの多少奥まった四〇〇〇メートルほどの高地の僧院で、十月の月見をしないかと誘われたのがきっかけである。数年前穂高で月見をしたことがあって、その時の予想に反して暗い月が今でも心に遺っているが、穂高の月は穂高の月として、ヒマラヤの月というのを見るのも悪くないと考えたのである。そしてその計画を少しひろげて、序《つい》でにアフガニスタン北部の草原まで足をのばしてみようという気になった。ヒマラヤの月見だけでは、登山家でない私は退屈するかも知れない。山に併せて、草原の方を見ておけば、シルク・ロードに関係ある地帯なので、めったに後悔することはないだろうと思った。そしてそのようにしたのである。

アフガニスタンとネパールの荒っぽい旅から帰って間もなく、丁度韓国の旅から帰ったばかりの山本健吉氏が扶余や慶州の話をされるのを聞いていて、ふいに自分も百済の古都の扶余というところの土地を踏んでみたいという気になった。そして結局、四日間をさいて、ひどく慌しい韓国旅行を敢行した。ソウルは割愛して、扶余と慶州だけにしぼった。韓国から帰って、一度に旅の疲れが出た。

そんなわけで、去年の秋は仕事らしい仕事はしていない。辛うじて新聞小説を休まないで続けたぐらいのことである。

しかし、年末になり、年始になって、ぼんやり去年一年のことを考えてみると、印象にのこっているのは、みな旅先のことばかりである。

サンフランシスコでは金門公園で満開の桜を見た。ヒッピー族の男女が半裸体で花の下を歩いているのは異様だった。初期肉筆浮世絵の慶長の湯女たちの花見もかくあろうかと思われるような光景であった。淫らでもあり、不逞でもあり、こ気味よくもあった。

ヒマラヤの山地での月見は、アマダブラム、ローツェ、エベレスト、カンテガ、タムセルク、クンビーラといった雪の山々が銀色に輝き、雪のない山々に暗く黙して陰鬱であった。サンフランシスコの花見に較べると、ひどく澄んだ遊宴であった。

ヒマラヤの山地では、ナムチェバザール、クムジュン、ホルシェといったシェルパの出る集落のたたずまいが、珍しくもあり、美しくもあった。いずれも標高四〇〇〇メートルに近い、そろそろ人間が住めなくなる地帯の集落であった。人間が住む場所としては、これほど苛酷な自然の条件にさらされているところはない。それでも大昔から人は住んでいるのである。登山家がはいって来ない前のこうした村々の明け暮れはどんなものであったか。この思いほど人間というものを改めて考えさせるものはないと思った。

アフガニスタンでは丁度遊牧民の移動期に当たっていて、朝に夕に南下する人と生きものの集団にぶつかった。駱駝と驢馬を先頭に立て、そのあとに羊の群れを配した大きい集団もあれば、僅か数人に驢馬一頭という小集団もあった。みなアフガニスタン北部に冬の前ぶれがやってきたので、いっせいに新しい牧草地を求めて、南部に移動して行くのである。落日を背景にして見ると、遊牧民の移動はなかなか壮大なものである。行く先はパキスタンだと言う。別段旅券などというものは必要ないらしい。しかし、夜、くるまのヘッドライトが捉える遊牧民の移動の情景は、何とも言えず暗く、もの悲しいものである。幼い者や老人は駱駝の背や驢馬の背に、眠り、若い者、壮年の者は、男も女も生きものの間にはさまり、生きものといっしょに歩いているのである。

インドではカルカッタの下町の情景に眼を見張った。丁度パキスタンの難民八百万の措置に困っている時であったが、カルカッタの町は昼とも夜とも判らぬ薄暗さの中に塗りこめられていた。人々はその中でひしめき合い、駈けたり、争ったり、物を売ったりしていた。幽冥とか、幽暗とか、そんな言葉が、使いようによったらぴったりする、そんな感じの町であった。もう戦争は始まっていたのかも知れない。

韓国の扶余では、百済時代の定林寺跡の五重塔を見た。以前から見たいと思っていたものである。韓国では一番古く、一番美しいとされている石の五重塔であった。白村江《はくすきのえ》の海戦で、日本の百済救援軍が壊滅した当時、既に造られていたものである。それから今日まで、剛健というか、雄勁《ゆうけい》というか、そんな強い素朴な美しさを持ち続けてきている。

去年はいろいろのものを見て、それぞれに心打たれたが、結局のところ扶余の古い石の五重塔を最後に見たことはよかったと思う。それだけがただ一つの変わらない正確なものであった。アフガニスタンとネパールの旅から帰って、山本健吉氏から韓国の古い街の話を聞いた時、どうしてもそこへ行ってみたくなったのは、何かそうした変わらないものを見ないと落ち着かないものが、その時の私の心にあったためかも知れない。

（昭和四十七年一月六日・「東京新聞」）

シェルパの村

登山家たちのヒマラヤ登攀記とか、ヒマラヤ紀行とかいったものを読むと、必ずシェルパたちの出身部落のことが出てくる。シェルパというのは、改めて説明するまでもなく、ヒマラヤ登山には欠くことのできない山案内人でもあり、登山協力者でもある。特殊な仕事だけに誰でもできるというわけには行かない。ヒマラヤの山地に生まれ、そこで生い育った者でないと、シェルパの仕事はできない。

シェルパという呼称は、この仕事に携っている者の多くがチベット系の高地民族シェルパ族であるところから生まれている。元来は種族の名前であり、いつかそれがそのまま、職業の名前として用いられるようになったのである。

私は登山家ではないので、ヒマラヤ紀行を読んでも、登攀記録といったものには余り心は惹かれない。ずいぶんたいへんなことをやっているなという感慨は持つが、ただそれだけである。しかし、第一キャンプ地に行くまでの、ヒマラヤ山地を、登山家たちがキャラバンを組んで、毎日のように歩きに歩いている部分には興味しんしんたるものを覚える。そこはいくらヒマラヤ山地とは言え、人間が住んでいる地帯であり、人間が住むことのできる地帯である。そういう三〇〇〇メートル以上のところにシェルパたちが生まれ、育った集落は点々として置かれているのである。登山家たちは次々にシェルパの部落を縫いながら、目差す山に近づいて行く。山に挑む人たちが最後に脱け出そうとしている人間地帯である。そこを出ると、もう人間の生活はない。あとは万年氷河の神々の座が置かれているだけである。

一体、シェルパの村というのはどんなところに、どんなたたずまいで置かれているか。そこに住む人たちの明け暮れはどんなものであるか。いかなる風俗と習慣が彼等の毎日の生活を作りあげているか。——一度でいいから、そのシェルパの村の一つに足を踏み入れてみたいものである。こういう夢を抱いてから長い歳月が経っている。十年経っているかも知れないし、二十年経っているかも知れない。

それが昨年の秋、ふしぎなことに実現したのである。岩稜会の伊藤經男、上岡謙一、石原国利氏等三君に誘われて、ヒマラヤ山地に足を踏み入れることができたのである。石原国利氏は一九六〇年のジュガール・ヒマール登山隊の一員として活躍した山歴を持っている。この三氏に、画家の生沢朗氏、私、私の娘、——一行は全部で六人。

　ネパールの首都カトマンズを発った登山家たちが、キャラバンを組んで十五日目か十六日目に到着する地点に、私たちは小さい飛行機で飛んだ。三人の登山家たちは不服であったに違いないが、私や生沢氏たちはこうしなければヒマラヤ山地に自分の足で立つことはできなかったのである。飛行機のお蔭で一カ月という日数をきりつめることができたし、それに大体一カ月もの間、毎日のように幾つかの峠を登ったり、降りたりすることになると、到底それに耐える体力の持合せはなかった。

　私たちは飛行機でルクラという標高二五〇〇の小さい集落に降り立ったが、そこは私が長い間夢見ていたシェルパの村が散らばっている地帯の入口であった。私たちはそこからシェルパ、ポーター、併せて二十五名の小キャラバンを組み、馬三頭、酸素ボンベ二本を持って歩き出したのである。二日目にナムチェバザールにはいり、三日目にクムジュンにはいった。この二つの集落はいずれも、シェルパの村として、世界的にその名を知られている。

氷河から流れ出しているドウトコシの大渓谷に沿って、私たちは歩いていた。渓谷は次第に下に落ちこみ、道は岩山の尾根近いところを巻くようにして走っている。一つの山を巻き終ると、次の山へと移って行く。そういうことを繰り返している時、突然、眼の前にドウトコシの渓谷とは別に、横合からそれになだれこんでいる新しい渓谷が現れ、その渓谷を形成している山の斜面にたくさんの人家がばらまかれているのが眼にはいってきた。ナムチェバザールであった。大渓谷に落ちこんでいる山のてっぺん近いところに村が造られているのである。私たちはその危っかしいほど高いところにある集落の中にはいって行った。家はどれも石を積んで造られてあり、その長方形の粗末な建物には幾つかの窓があいている。全く同じ造りの家で、それが三百戸ほど急斜面にばら撒かれている。村の中にはいると、高処に居るという感じは全くなくなる。ドウトコシの大渓谷も覗けないし、そこに落ちこんでいる断崖も覗けない。地形的に覗けないばかりではない。私は二回この村にはいったが、二回とも霧が渓谷からわいていて、全く視界は利かなかった。

私たちについているシェルパたちも、みなこの村の出身であった。村の低地にはラマ教の石を積んだ塔――チョルテンがあり、どの家の屋根にも、ラマ教の経文を書いた布片を垂らした棒ぎれが立っている。人々は何ものかに祈らなければ生きて行かれないのである。集落のほぼ中央と目せられるところにはラマ廟が置かれてある。息をのむような、ふしぎな美しさと静けさを持った三四五〇メートルの村であった。

クムジュン部落は、更に奥地になる。この方は渓谷に面してはいず、神の山クンビーラの裾にちらばっている三百戸、八百人の集落であった。標高三七六〇メートル、ナムチェバザールよりもっと強いシェルパが出ると言われているが、ナムチェより高いところにある村であるからであろうか。これはこれで、また何とも言えず平和そうな、ヒマラヤの山ふところに匿《かく》された美しい集落である。

村の入口には石の門があり、そこをはいって行くと、全く異った形をした二つのチョルテンが造られている。ヒラリーの寄附した小学校があるというので、そこを覗いてみると、三十人ほどの子供たちがいっせいに立ちあがって、こちらにきらきらした眼を向けて、小さい手を前に合せた。合掌が挨拶である。この地球上で見る最もあどけない純真な眼を持った子供たちであると思った。この村をその裾に持ったクンビーラは、その頂きを雲で匿している。クンビーラの頂きを、この村から望むことはめったにないと言う。ナムチェバザールが渓谷側を霧で包んでいるように、クムジュンの方は背負っている山を雲で覆ってしまっているのである。

このほかに、シェルパの村としては、タンポツェの斜面にホルシェという数十戸の小さい部落があった。私たちはこの部落にはいらず、三八〇〇メートルの台地から遠望したが、いくらか自分が立っている台地より低く見えた。人間の住む部落としてはここらあたりが一番高いところかも知れない。ここも亦、強いシェルパの出るところとして知られている。

タンポツェの大斜面の一画に置かれたこの小さい集落の印象は、まことに異様であった。よくあのような所に人間が住んでいるものだという思いを払拭できなかった。集落の周辺には耕地が見えた。馬鈴薯を作る畑だということであった。

（昭和四十七年一月十六日・「毎日グラフ」）

ヒマラヤ山地にて

最近、再び相会うことはないであろうと思われる別離を経験したのは三年ほど前、昭和四十六年の秋にヒマラヤ山地を旅行した時である。

私は登山家ではないのでヒマラヤ山地へ出掛けて行こうなどということは、夢にも考えたことはなかったが、平生親しくしている登山家たちから、エベレストの麓で十月の満月を見ようという計画を樹てているが、参加する気持はないかと勧誘された。その時すぐには返事ができなかったが、それから毎日のようにエベレストの麓における月見のことが思い出された。この機会を外したら、ヒマラヤ山地に足を踏み入れることもできないであろうし、ましてエベレストなどを眼に収めることはできないであろうと思われた。私にこの話を持ち込んで来た登山家の一人の石原国利氏は曾てジュガール・ヒマールのマディア・ピーク（中央峰）に最初の足跡を印した人でもあり、私の『氷壁』という小説のモデルにもなっている人である。石原氏等三人の登山家たちは、それぞれ自分の忙しい仕事を持っており、ヒマラヤに登るだけの日数の余裕は到底捻出できないが、飛行機を使ってエベレストの麓に行くぐらいのことはできる。それでも行かないより行く方がいいだろうというのが、一線を退いた登山家たちの間にこうした計画の生まれた始まりらしかった。

　この誘いを受けて一週間ほどして、私はエベレスト観月旅行に参加することを石原氏に電話で伝え、そのあとで画家の生沢朗氏を誘い、娘も同行して行くことにした。一人でも多い方が気強かったからである。

　ネパールの首都カトマンズにはいったのは、九月の終わりだった。十月四日が満月に当たっていたので、その日にエベレストの麓の四〇〇〇メートルの僧院のある台地に到着できるように、小型飛行機をチャーターした。そして飛行機でルクラという、登山隊が十六日目か十七日目に到着する地点に運ばれ、そこで十九人のシェルパやポーターたちを傭い、二十五人のキャラバンを組んだ。シェルパは十七、八歳の少年たちばかりであった。

　私にはツェリン・ピンジョという童顔の少年が配された。ブルバ・チッテン、ドルジー・シェルパ、パサン・ナムギャル、リンジー・ノルプ、こういった憶えにくい名前の少年たちが、一行のそれぞれに配された。二頭の馬には大きな酸素ボンベがくくりつけられた。主として食糧や天幕を運ぶポーターの中には女や老人の姿も見えた。

こうした一団が往復七日のヒマラヤ山地の旅に出た。ルクラは二四〇〇の地点である。観月の場所まで一六〇〇メートルほど登って行かなければならず、私たちはドウトコシという大渓流に沿って上ったり、下ったりしながら歩きづめに歩いた。

この旅で、私たちはこの旅の目的であるヒマラヤ観月を果たし、ローツェ、アマダブラム、カンテガ、タボツェ、クンビーラ、カングテといった山々が、満月の照明で輝いたり、暗くなったりしたのを見ることができたが、それよりももっと大きい収穫はヒマラヤ山地の空気の薄い高所にナムチェバザール（三四五〇メートル）、クムジュン（三七六〇メートル）、ホルシェ（三八〇〇メートル）といった幾つかの聚落があり、そこで人々が神に祈りながら生きているということを知ったことであった。聚落にはどこにもチョルテンと呼ぶ石を積み重ねて造った塔があり、家々の屋根にはタルチョと呼ぶ祈り旗が立てられてあった。ドウトコシの流れの中の大きな石にはラマ教の経文が刻まれ、橋という橋の袂には小さいチョルテンが造られてあった。また石積みの家々の戸口には、経文を刷った紙片がべたべたと貼り付けられてあった。ヒマラヤの大自然の中では、人々は祈らずには生きて行けないのである。

人々はみな行き合うと、相手に向かって手を合わせた。合掌することが挨拶であった。クムジュンという聚落には二十人ほどの子供たちが勉強している小学校があった。そこの教室を覗くと、子供たちはいっせいに立ち上がって、私たちの方に向かって合掌した。相手に向かって手を合わせるということは単なる挨拶ではなくて、相手のために今日一日が無事であることを神に祈ってやるという意味に他ならない。ヒマラヤ山地というところは、そういうところであった。相手のためにも、自分のためにも、神に祈ることなしには生きて行けないのである。

ナムチェバザールは大断崖の斜面に造られた聚落であり、クムジュンはいつも頂きを雲に包まれているクンビーラの裾に身を寄せ合っている聚落であった。そしてホルシェは一日中の大部分をドウトコシの大渓谷から湧き上がる霧に包まれている聚落であった。この辺りはどこもいつ雪男が現れてもふしぎでない地帯であった。実際にクムジュンには雪男の頭皮というものを蔵している小さいラマ寺があった。

私は大自然の脅威にさらされたヒマラヤ山地に、毎日のように神に祈って生きている人たちがあることを知って、心打たれた。人間の生き方にはいろいろあるものだと思った。

しかし、こうしたことを知った以上に、もっと大きい収穫があるとすれば、それはシェルパの少年たちの純真さと、無私の奉仕というものに、大きい感動を覚えたことであった。シェルパと登山家との関係はもともとそのようなもので緊密に結ばれているものであるに違いなかったが、私たちはたまたま少年シェルパを配され、今でも地球上にこのような純真な少年たちが生きているのかといった思いに打たれたのである。腰を降ろせば、すぐ靴を脱がせてくれるし、宿営地に着けば洗濯をし、朝は一分の違いなく朝のお茶を運んでくれる。歩いている時はぴったりと背後についていて、悪路にさしかかるとすぐ足場を作ってくれる。こうしたことがシェルパの仕事だと言ってしまえばそれまでであるが、仕事とか、役目とかいった感じの奉仕ぶりはいささかもなかった。僅か一週間ばかりたまたま配された主人に全力をあげて奉仕するのであるが、こうした愛情（愛情という以外適当な呼び方はない）が、どうしてどこから生まれて来るか不思議であった。こうした愛情を示されれば、こちらもまた愛情を以て応える以外仕方ないのである。

私は私についているピンジョに一日中奉仕され、私は私でまた、一日中ピンジョを労《いた》わらずにはいられないのである。

こうした主従関係は、一行六人、それぞれの間で成立していた。私の娘についた少年は、帰途自分の生まれたナムチェバザールの聚落にはいった時、そこには姉の死という事件が起こっていた。姉の死という悲しい事件の中に身を置いていながら、少年は自分の役目を解かなかった。姉の死の悲しさはどこに居ても、何をしていても同じである。もう二日だけのことであるからと言って、娘に随って自分の村を離れた。こうなると、娘は娘で少年シェルパを慰める言葉を探しづめに探しながら歩かざるを得なくなる。

カトマンズ行きの飛行機に乗る地点であるルクラに帰り着いた時、少年たちはそこに一泊して、翌日飛行機に乗る私たちと別れて、それぞれ自分の村を目指して帰って行った。

少年たちとの別れに際して、私たちは少年たちに与える物が公平であることを期して、自分勝手に自分のシェルパに物を与えないように協定を結んだ。それぞれ不要なものは全部供出し、一カ所に集め、籤引きで順番を決めて、その順序で少年たちに供出物を分配してやった。

誰もが自分付きのシェルパに、彼が望むものが当たるように願うのは人情であった。私付きのシェルパのピンジョは母がなく、父の手で育っていた。そんなためか、彼は自分の生まれた村にはいった時も、他の少年たちのように、自分の家に駈けて行くことはなかった。そうしたところは淋しそうであった。私は母親のない彼にシャツでも、セーターでも、靴下でも何でも身に着ける物を与えたかった。ルクラで、私たちは少年たちと別れたが、彼等はもう一度私たちのところに帰って来た。一人が駈け戻って来ると、他の少年たちもそれに倣ったのである。そしてそれぞれの仮の主人のところに来て、まっすぐに立った。そしてもう一度お互いに合掌し合って、こんどこそ本当に別れたのである。生沢朗氏は自分のシェルパにいい物が当たらなかったことを悲しんでいた。悲しんでいるのが、よく判った。しかし、これは生沢氏ばかりでなく、誰もがそのような思いを持ったに違いないのである。

私はピンジョの手を握って、今後この少年に会うことはないであろうと思った。

よもや再び自分がヒマラヤ山地に足を踏み入れることがあろうとは思われなかった。

その朝、小雨が降って、飛行機は離陸できなかった。滑走路があるわけではなく、一五〇メートルほどの草地がかなり急な斜面をなして置かれてあるだけのことである。着陸する時はその傾斜によって機体は自然に停まり、離陸する時は、その斜面を利用して、いったん大渓谷へ向かって舞い降り、そして暫くして上昇して行くのである。そんな空港であるから、雨が降ると離陸できなかった。

その夜、私たちは空港の一画にある空屋の中にテントを張って寝た。私は寒さで眼が覚める度に、ピンジョがドウトコシ沿いの夜道を歩いている姿が眼に浮かんで来た。宿営はしないで、少年たちは夜を籠めて動物のように歩きづめに歩いているであろうと思った。一刻一刻自分との間隔が遠ざかって行く、そんな思いがあった。私たちは少年たちと別れると言えるような別れ方をしたのであった。確かにそこには別離があったと思う。

（昭和四十九年五月十二日・「毎日新聞」連載「わが一期一会」）

穂高の月・ヒマラヤの月

昭和三十一年の九月、親しい山の好きな友人たちと初めて穂高という山に登り、涸沢小屋に泊まって、月見をした。もともと山に登るということが目的ではなかった。どこか月の名所にでも行って観月の宴を張ろうというのが話の始まりで、あれこれ候補地を物色しているうちに、一人が上高地で月見をしたらどうかと言い出し、どうせ上高地まで行くのなら徳沢の小屋まで足をのばす方がいいという意見も出たりして、そのうちに何となく穂高の涸沢小屋で月を見ることに話が決まってしまったのであった。

私はこの時まで、山というものとは一切無関係であった。私は五十歳になっていたが、山と名のつくものに登ったこともなく、登山というものがいかなるものか全く知らなかった。

私はこの観月登山のお蔭で梓川という川の美しさも知り、唐ヒノキ、シラビ、ブナ、マカンバ、カツラ等の樹林地帯の美しさも知った。北穂、奥穂、前穂の穂高連山がいかなるものか眼に収めることもできた。そしてそうした山々に取り囲まれた盆地の小屋にはいって眠った。

観月登山ではあったが、出発が何日も遅れて九月の下旬になっていたので、満月を見るというわけには行かなかった。それでも私たちはその夜涸沢小屋で酒盃をあげ、月の出を待った。八時四十分に、私たちがその日その麓を廻ってきた屏風岩の肩から月が出た。私たちはセーターを着て戸外に飛び出した。楕円形の多少濁った赤味を帯びた月であった。月が上るにつれて、前穂の山影が大きく奥穂のえぐったような大斜面に投げかけられた。しかし、ふしぎに昼間の北アルプスの景観の壮大さはなかった。山々は申し合わせたように互いに押し黙り、月は月で不機嫌に巨大な黒い山塊を見降ろしていた。私は一木一草をもくっきりと浮かび上がらす皎々たる明月を期待していたのであるが、そういうものではなかった。美しいという言葉は誰の口からも出なかった。

夜半もう一度戸外に出てみたが、月が前穂の真上に移動し、奥穂と北穂の斜面に月光が当てられ、そこが白く見えているだけで、他の山々は依然として暗かった。

私は古来観月の名所の多くが海とか、広野とかの大きい拡がりを持つ場所であることに、この時気付いた。高山に観月の名所はなかった。

しかし、穂高が昼間見たような明るく、美しく、きびしいものだけであったら、私は山に惹かれたかどうか判らない。夜になると全く異なった表情を持ち、陰鬱に押し黙り、太々しく居坐っているところは、いかなる遭難事故でも約束していそうな本当の山塊というものの魂ででもあるような気がした。登山家と言われる人たちは、むしろこうした夜の山の陰鬱さに付き合っているようなところがあるかも知れないと思った。

この観月登山から帰って、山に同行した友の一人Y君からナイロン・ザイル事件のことを聞いた。そしてそれを聞いた時、すぐそれを小説の材料として使わせて貰おうと思った。もし観月登山をしていなかったら、遭難事件など書くこともできなかったし、書こうという気にもならなかったに違いない。山を書いてみようかという気持の底には、昼の山もあり、それと同じ分量で夜の山もあったのである。

高山の月は、もう一度見たことがある。それは四十六年の秋のヒマラヤ山地の旅行の時である。生沢朗氏等といっしょに小型機でヒマラヤ山地にはいり、ルクラというところから小さい二十六名のキャラバンを組んで出発、シェルパの村として有名なナムチェ・バザール、クムジュンなどを経て、三日目にタンポッチェ修道院に達した。このラマ教の修道院のある四〇〇〇メートルの台地で、十月の満月を見るのが、このヒマラヤ行きの目的であった。私たちは満月より一日早い月を、凍りつくようなきびしい寒さの中で待っていた。辺りが暗くなろうとする頃であった。台地からすぐそこに見えているカンテガの支稜の肩が明るくなり、やがて月が顔を出した。月が完全に顔を出した時、時計を見ると五時五十七分であった。それと同時に右手のアマダブラムが霧の中から白い姿を現し始めて美しかった。アマダブラムとカンテガの二つの雪の山が銀色に輝いて、他の山はいずれも霧の中にあった。寒かったので、長くは外に居られなかった。

十時にもう一度外に出てみると、月はさっきより高いところにあったが、台地を囲んでいる山々はみな暗く、さっき白銀色に光っていたアマダブラムも、カンテガもまた黒々とした姿になっていた。そうした中で僧院の建物だけが白く浮き出していた。

深夜二時、もう一度外に出た。こんどは僧院も黒い姿になり、雪山だけがいっせいに白銀色に輝いていた。エベレストも、ローツェも、アマダブラムも輝いていた。月は台地の真上にあって、雪山だけに照明を当てていた。

このヒマラヤの月もまた決して明るいものではなかった。劫初《ごうしょ》的な暗さを持っていて、永劫とでも言いたい腥《なまぐさ》さがあった。穂高の月も、山全体が雪に覆われた冬に見たら、やはり同じようなものを感じるのではないかと思われた。

『氷壁』の連載中、もう一度穂高に登り、何回か穂高周辺を歩いたりした。そして『氷壁』の連載が終わってから三回穂高登山を試みた。奥穂にも、前穂にも、北穂にも登った。五十歳を過ぎてからの登山であるので、颯爽とした登山にはならない。大抵の時ザックは誰かに持って貰って手ぶらでゆっくり登ってゆく。しかし、こうした登山ではあっても、なお山の危険からは安全ではあり得なかった。一度は豪雨の中を北穂から徳沢小屋まで降って、危うく遭難しかかっている。

天候にさえ恵まれれば、若い人たちにとっては、登山というものは危険のキの字もない快適な行楽である。しかし、いったん天候が悪くなると、いかなる元気な青年たちの生命をも至極簡単に呑み込んでしまう死の牙で充満される。自然は次々に、雪崩を起こしたり、気温を下げたり、霧を湧かしたり、いろいろな手段で若者たちに挑みかかってくる。若者たちはそれに対して、あらゆる持ちカードを取り出して対抗しなければならない。周到な準備はもちろんのこと、経験も要れば、判断の正確さも必要になってくる。こうなると自然と人間との闘いである。自然は無数に手持ちのカードを持っているが人間の方の手持ちのカードの数は限られている。

登山という行為の中には、いつも人間が山との闘いにおいて勝つか敗けるかというぎりぎりの要素が含まれていると思う。こういう考え方の上に立てば、山の遭難死は、山との闘いに於て敗れた者の死ということになる。残酷な言い方ではあるが、おそらく山を愛し、山で死んだ若者たちは、誰よりもこの言い方を肯定し、この言い方を拒否しないだろうと思う。

フランスのモンブランの麓にシャモニーという美しい山の町があり、そこの墓地にはモンブランの遭難者の墓がたくさんある。ひどく粗末な感じの墓所であるが、山で生命を失った人々の眠る場所としては、彼等が生命を落とした山々に対かい合っていて、これ以上いい場所はないかも知れない。墓石に刻まれた文字の幾つかを覗いてみると、オックスフォードの学生の墓もあれば、一八九七年に雪崩で遭難した人たちの墓もあった。そしてその一つに、「山に挑み、山に敗る」という碑銘があった。親が考えた碑文であるとすれば、それは親の山で生命を落としたわが子に対する愛情であり、友人たちが選んだものであるとすれば、それは友人たちの遭難者に対する尊敬であると思った。私もその碑の前に立って頭を下げた。

この秋（昭和四十九年九月十二日～十五日）、何年かぶりで穂高に登り、涸沢小屋で眠った。何年か前、初めて観月登山をした時と同じように赤い月が出ていた。星が一面にばら撒かれた美しい夜空であったが、月はやはり多少陰気で、山々は暗く不機嫌であった。

翌日、私たちは屏風のコルに出て、そこから奥又白の本谷へと降った。このコースは初めてであり、最初山に登った時から十七年経っているので、私にはこの降りは難行軍であった。しかし、奥又白の大きい景観に接した時は、やはりこのコースを選んでよかったという思いがあった。

私たちの一行の中に、『氷壁』の主人公のモデルになっている石原国利氏が入っていた。もちろんナイロン・ザイル事件に関する部分だけのモデルであり、物語は氏と関係のないフィクションである。石原氏は本谷の磧に於ての小休止の時、

「若山五朗君の墓があるので詣ってやってくれませんか」

と言った。若山五朗君というのは、『氷壁』のもう一人の主人公のモデルである。ナイロン・ザイル事件で、石原氏の方は生き残り、若山五朗君の方が亡くなったのである。私は『氷壁』の作者として、一度は墓参すべきであったが、その機会がないままに十数年を過ごしてしまっていたのである。

石原氏は氏が属している岩稜会の人たちといっしょに、墓を掃除するために、私より先に出発して行った。私は十五分ほど経ってからその墓所に向かった。

墓所は奥又白本谷の右岸の樹林地帯の中にあった。墓所は先行した人たちの手によってきれいに掃除され、名を知らぬ山の花が供えられてあった。小さい石をケルンのように積み上げた墓であった。墓碑にはただ〝若山五朗君〟とだけ記されてあった。私はその前で頭を下げた。私は生前面識はなかったが、その歿後、その遭難事件を書かせて貰うというふしぎな関係を持った人であった。樹林地帯の中ではあったが、到るところに巨石が転がっており、大小の流木が横倒しになって散乱し

ていた。荒涼たる地帯ではあったが、その墓所だけは灌木に囲まれた静かな一画をなしていた。シャモニーの遭難者たちの墓所もよかったが、この若山五朗君の墓所も、奥又白の大岩壁と大斜面を望むことのできる、その死にふさわしい奥津城《おくつき》であった。

（昭和四十九年十月六日・「毎日新聞」連載「わが一期一会」）

一座建立

〝点は墜石《ついせき》の如く〟という言葉が、現在の私の数少ない好きな言葉の一つになっているると同じように、最近一座建立《いちざこんりゅう》という言葉が好きになっている。お茶の世界も一座建立であり、芭蕉の連句も一座建立であるというような使い方をされる言葉である。茶会を開いた時、茶室という特定な空間の中に展開される和敬静寂の高い雰囲気も、一座の者が互いに心を合わせ、その気になって初めて造り上げられるものである。――そういうことを〝一座建立〟という言葉で言い現している。

利休の高弟の山上宗二が茶道の極意として門弟に与えた記録であるという『山上宗二記』にも、「客人フリ事、在一座ノ建立」（客人振りのこと、一座の建立にあり）というように記されている。

一座建立という言葉は、何となく馴染《なじ》みにくい難しい内容を持った言葉のように聞こえるが、決してそういうものではなく、お茶の世界の楽しさも、純粋さも、高さも、その一座に居合わせたものが、互いに相手を尊敬し、心を合わせ、何刻かの心なごんだ高い時間を共有しようという気持があって、初めて生み出すことができるものに他ならない、そういう意味であろうと思う。

私はお茶について門外漢であって、通りいっぺんの知識しか持ち合わせていないが、その時居合わせた一座の者たちが、互いに心を触れ合わせて造り上げるたいへん密度の濃い、次元の高い世界であるということだけは解る。そしてそれが終わった時、すべては跡形もなく消えてしまう。そういう意味では、たいへん贅沢な日本独特の芸術世界であろうと思う。

しかし、一座建立はお茶や連句だけのことではない。もっと広く考えると、一座建立によって造り上げられなければならぬものは、この現実生活の中にもたくさんある筈である。ただ現実生活に於ては、そういう一つの目的を持って、一座を形成するということがなかなか難しいので、一座建立によって生み出されたものを拾うこともまた難しいということになる。しかし、全くないわけではなさそうである。自分の過去を振り返ってみて、一生忘れることができない時間というものは、やはりその時間に立ち合った何人かの人たちによって造り上げられたものと言っていいだろうと思う。ただ、それが意識して造られたものでなく、その多くが偶然によって生み出されたものであるという違いがあるだけである。

十年ほど前、親しい仲間数人と穂高に登ったことがあるが、その時涸沢《からさわ》小屋で夜が更けるまでみなで自分が日頃考えていることについて話し合ったことがある。眠るのが惜しいような時間であった。高山に登って山小屋に居るということが、一座の者の心を特別なものにし、あとにも先きにもないような心の触れ合い方をさせたのであろうと思う。

私はよく人に、山はいいですよというような言い方をするが、そういう言い方の中には、いつも十年ほど前の涸沢小屋の一夜の思い出がはいっている。あのような時間を一回でも持つことができるなら、山はいいと言わなければならぬと思う。これはたまたま山に一緒に登ったということのお蔭で、山小屋という特殊な空間に於て、一座で建立できた特別な、そうざらにはない団欒《だんらん》であったのである。それから何回か穂高に登っているが、残念ながら、そのような時間は経験していない。

金沢の旧制高校時代に、五人の仲間と日本海の砂丘の上で二時間ほど過ごしたことがある。現在の内灘《うちなだ》町附近の砂丘ではないかと思うが、そこへ夕方着き、星が輝き始め、海の面が暗くなった頃、そこを離れた。青春と言うと、この時のことを思い出すし、高校生時代の思い出と言うと、やはりまっ先きに、この時のことを思い出す。そこでいかなる会話が交わされたか、いかなることが為されたか、今はもうすっかり忘れてしまっているが、あそこはまさしく、青春の時間が、気持よく、音を立てて流れていたように思うのである。私たちは砂丘の上に仰向けに寝転び、星を眺め、海の音を聞き、感傷的な寮歌をどなり、そしてお互いに友情というものを素直に、そして単純に信じていたに違いないのである。その時、そこに流れていた時間は、いま考えると、ちょっと掛替えのない、なかなか貴重なものである。五人の一座の仲間が、たまたま建立することのできた青春劇であり、青春の時間であったのである。

新聞記者時代、昭和十八、九年の頃であるが、法隆寺に取材に行き、そこの塔《たっ》中《ちゅう》の一つである宝珠院に泊まったことがある。春であった。朝起きると、塀の向こうの桜が満開で、その満開の桜の間から法隆寺の五重塔が見えた。庭を歩いたあと、庭に面している座敷で、当時そこに止住しておられた中川善教師とお茶を飲みながら、時局の話をした。中川師は私と同年配であり、当時高野山からそこへ留学のような形で来ておられたのではないかと思う。この場合も、いかなることが二人の話題にのったか、はっきりとは記憶に残っていないが、妙に覚悟といったようなものが、その戦時下の春の朝の静けさの中にはあったように思う。時代は暗かったが、春は明るく、そして、そこでこれからどのような生き方をしましょうかというようなことが、ひどく静かな空気の中で語られたのではないかと思う。中川師が語り、私の方は聞き役であったに違いないのであるが、中川師の語り方もよく、私の聞き方もよかったのではないかと思う。そうでなければ、その時間の中を流れていた覚悟といったような思いが、それから三十年ほど経った現在、蘇《よみがえ》ってくることはないだろう。

この思い出は、私にとって貴重なものである。ある意味では、戦時中の最も貴重な思い出であるかも知れない。そこには戦時下の明るい春があり、戦時下を生きていた私の青春の暗さがあり、そしてその時代だけに交わされる会話が、ひどく静かな、多少いさぎよいような形で置かれているからである。この場合は一座は中川師と私の二人である。二人が建立した戦時下の特殊な交歓である。

十年ほど前のことであるが、ソ連に旅行した時、ウズベク共和国の都であるタシケントに於て、ボロジンさんという小説家の家に招かれた。ボロジンさんはロシア人、夫人はウズベグ人、二人の間には年頃の美人のお嬢さんと二人の息子さんがあった。

私とボロジンさんは何の関係もなかった。私がタシケントに行って、ここに住んでいる小説家の一人に会ってみたいと口走ったただそれだけのことで、誰かが仲に立って、ボロジンさんが、私と同行の五人を自分の家のお茶に招ばなければならぬことになったのである。

私はボロジンさんが歴史小説家であるということ以外、氏について何の知識も持っていなかった。ボロジンさんの方も同様であった。私が日本の小説家であるということ以外、何の知識も持っていない筈であった。

私はボロジン家に出掛けて行き、そこの応接間で、初めて一人の異国の小説家と、その家族の人たちと対面した。

応接間から食堂に導かれた。食卓はすっかり草花や果物で埋まり、その間から何枚かの皿や紅茶茶碗が顔を覗かせていた。部屋全体が異国風に、もっと正確に言えばウズベク風に飾られてあった。

部屋の飾りつけにも気持が行き届いていたが、家族全部の人たちのもてなし方も心の籠《こも》ったものであった。ボロジン氏の最初の挨拶は、

――西トルキスタンの一つの共和国に来て、そこの小説家に会いたいと言った日本の小説家に心から親しみを感じ、敬意を表する。しかも同じように歴史に取材した小説を書いていると聞いて、たいへん親近感を覚える。残念なことは言葉が通じないので、充分な交歓は望めない。しかし、言葉の不自由さを、家族総出のサービスで埋めようと思っている。

私たちはふしぎな眩《まぶ》しさと酩酊の中でお茶をごちそうになった。私たちは長い時間ボロジン家で過ごした。その間、絶えずボロジン一家の好意が降り注いでいる感じだった。親戚の人たちも姿を現した。私たちはボロジン家訪問のあと予定を持っていたが、その予定を変更せざるを得なかった。一家、一門総ぐるみの歓待を、途中で振り切って、席を立つことはできなかった。

私はこれまでに、これほど好意に溢れたあたたかい歓待を受けたことはなかった

と思った。しかし、考えてみると、これだけ歓待を受けなければならぬ理由もなかったし、ボロジン氏側に立って言えば、これだけ歓待しなければならぬ理由もなかった。もしそこに何かがあるとすれば、ボロジン氏の最初の挨拶にあるように、私がこの国の小説家に会いたいと言ったただそれだけのことで、ふいに氏の心に生まれた親近感であるに違いなかったし、それ以外の何ものでもなかった筈である。

そしてそうした氏に、こちらの気持も反応しないわけにはいかなかった、私はまだその作品の一つも読んでいない異国の作家に、尊敬と親しみを感じ、そしてその人間を信頼せざるを得なかった。

ボロジン氏がチムールを主人公にした歴史小説『サマルカンドの星』の作者であり、それが日本にも翻訳されていることを知ったのは、ずっとあとのことである。それはともかく、十年前、タシケントのボロジン家に於て経験した交歓と団欒は、現在、私には生涯における一つの事件として思い出される。まさしく異国における一座建立と言うほかはない。

それから二、三年して、私は妻や娘を連れての西トルキスタンの旅の折、もう一度ボロジン氏の家を訪ねている。その時は初めからボロジン氏の方にも、私たちの方にも、一座建立の条件が揃っていた。私たちは氏の家で楽しい団欒の時間を過ごした。

最近、ボロジン氏が今年七月亡くなられたことを、人伝《ひとづ》てに聞いて愕然とした。美しく、優しく、おおらかな心が一つ、地球上から消えた思いである。

（昭和四十九年十二月八日・「毎日新聞」連載「わが一期一会」）

雪の宿

かえる会という山の会が生れたのは十六年前であるが、それが年々少しずつ会員がふえて、ジャーナリスト、作家、評論家、それに登山家と言える人たちも加わって、現在では二十数名の集りになっている。昨年も、一昨年も、九月の穂高に登った。今年は初雪頃の穂高に登ろうということになって、出発は十月二十八日に決めていた。

その出発の前々日に、私には一つの事件があった。私にとっては大きい祝事の発表があって、新聞に私の名が出たり、写真が出たりして、急に身辺は騒がしくなった。なか一日を置いて、二十八日に、私は予定通り穂高に発つことにした。「氷壁」の主人公石原国利君も博多から来ることになっていたし、先年一緒にヒマラヤ山地を歩いた岩稜会の伊藤経男君も参加することになっていた。東京の連中も、それぞれみんな忙しい中をやりくりして、穂高行きのスケジュールを組んでいた。私だけが脱けるというわけにはゆかなかった。

参加者がみんな顔を揃《そろ》えたのは、松本駅に於《お》いてであった。上高地から徳沢小屋に向う時は雨が落ちていた。雨の中を三時間歩いた。気温は落ちて、ひどく寒かった。徳沢小屋で、夕食の時、みなが私のために祝盃をあげてくれた。その夜半から雨は雪に変った。一夜あけると一面の銀世界で、午前中は静かに雪片が舞っていたが、正午頃から烈しい吹雪になった。十月末に徳沢小屋で吹雪に閉じこめられるというようなことは考えられないことで、幸運と言えば幸運、ついていると言えば、ついていると言えた。

午後、十人ほどの元気のいい連中が吹雪の中を、奥又白の本谷にある若山五朗君の墓参に出掛けた。若山君というのは「氷壁」で取り扱ったザイル事件の片方の主人公である。私たちは昨年も若山君の墓参をしているが、今年は長い間続いていたザイルに関する問題も漸《ようや》く解決したので、その報告をかねての墓参であった。

私は若い人たちに墓参をゆだねて、居残り組に廻って、部屋の窓硝子《まどガラス》越しに雪の舞い上がる凄じい光景を眺めていた。

墓参組は二時間で帰る予定であったが、二時間をすぎても帰って来なかった。私は次第に不安な思いに襲われた。途中梓川《あずさ》を長い釣橋で渡らなければならないので、この吹雪ではたいへんだろうと思った。伊藤経男君や近藤信行君というベテランがついてはいたが、それでも不安だった。

私は不安を言葉に出すのに耐えていた。私の隣りにはH君が坐っていた。H君は一年ほど前に、息子さんを東北地方の吹雪の中で亡くしていた。また私の前にはI君が、これも戸外の吹雪に眼を当てていた。I君もまた、先年、東大生だった息子さんを谷川岳で喪《うしな》っていた。私たちのささやかな登山グルウプの中にも、こうしたことはあるのである。

半時間ほどおくれて、墓参組は雪にまみれて、元気で帰ってきた。吹雪の巻いている若山君の墓所附近のことを、口々に仔細《しさい》に報告してくれた。

その夜、雪に降り込められた宿で、山本健吉氏の発案で句会を開いた。俳句というものを作るのは初めてという連中が多かった。私もまた初めてであった。「よろこびが淋しくなりぬ雪の宿」と、小さい紙片に綴った。私個人のよろこび事は、その夜の私にはひどく遠く、まるで手が届かないほど遠く、淋しく見えたのである。

その夜半に雪はやんで、美しい星が出た。翌日は雪に覆《おお》われた穂高連峰が美しかった。初めて見る雪の穂高であった。吹雪のために、例年のように涸沢《からさわ》小屋を目指すことはできなかったが、私たちは美しい雪の穂高を眼にすることができたことで満足した。

（昭和五十二年二月・「小説現代」）

穂高の紅葉

十月の初め穂高に登った。涸沢小屋で一泊したが、往きも帰りもななかまどの燃えるような紅葉の中を歩いた。紅葉に酔うというと変に聞えるかも知れないが、正真正銘酔っているような気持だった。

昨年は十月の終りに同じ穂高に登ったが、三十年来の猛吹雪に見舞われ、涸沢のヒュッテまでは行き着けず、麓の徳沢園に閉じ込められてしまった。三日間、凄い吹雪を眺めて過した。僅か一ヵ月早いか、遅いかで、山はまるで異ったものになってしまう。紅葉が燃えるだけ燃えつくしてしまうと、冬がやって来るのである。

今年は三月から四月にかけて、エジプトとイラクの慌しい旅をした。寒かったり、暑かったりして、帰国後、すっかり身体の調子をこわして、一ヵ月ほどは全く仕事が手につかなかった。三キロ痩せてしまい、なかなかもとに戻らなかった。

そのあと、八月から九月にかけて、招かれて中国の新疆ウイグル自治区を訪れた。

ウルムチ、イリ、トルファン、ホータン、どこも暑かった。ことにトルファンは中国で一番暑いところとして知られている街で、私たちが行った時も、四十四、五度の暑さだった。しかし空気が乾いているので、それほど苦にならなかった。夜などは、東京に居るよりずっと凌ぎやすく、眠りは安らかだった。この旅行はゴビの不毛地と、タクラマカン沙漠の旅であった。旅の間は緊張しているためか、いささかの疲れもなかった。

しかし、三週間の、文字通りの異域の旅から帰ると、やはり疲れが出た。また三キロ痩せた。こんどの場合も、なかなかもとに戻らず、戻らないままで穂高に登った。

穂高の紅葉の中に立っていると、異国の荒い旅の疲れが、しんしんと紅葉の中に吸い込まれてゆくような気持だった。

エジプト、イラクの場合も、中国の新疆ウイグル自治区の場合も、大体に於て沙漠の旅で、それぞれに楽しくはあったが、しかし、義理にも美しいとは言えなかった。荒涼とした地域の旅であったり、壮大なものに触れた旅であったりしたが、美しいと言えるものとは無縁だった。

穂高の場合は、ただひたすら美しかった。麓の樹林地帯にこぼれている陽も美しかったし、山の稜線をくっきりと浮かび上がらせている秋晴れの空の色も美しかった。そして燃えるようななかなかまどの紅葉の中を歩いたのである。何回思ったことであろう。——いま日本の美しい秋の中を歩いている、と。

穂高から帰ったあと、少しずつ体重がもとに戻りつつある。まだ完全に戻ったとは言えないが、年内にはもとの体調に返るだろうと思う。疲れが、穂高の紅葉の中に吸いとられてしまったのである。

（昭和五十三年一月・「心」）

風の奥又白

登山家として知られていた安川茂雄君が亡くなった。安川君と私の付合は「氷壁」以来であるからずいぶん長い。「氷壁」という小説の題名を選んでくれたのも安川君である。

と言って、お互いにそう度々会っていたわけではない。ただ一年に一回、穂高に登る時だけはいつも一緒だった。私たちは〝かえる会〟という奇妙な名前の集りを持っていて、一年に一回穂高に登ることにしている。みな山には全くの素人ばかりの集りであるが、素人ばかりでは心細いので、何人かの登山家として知られている人たちにも加わって貰っている。安川君もそうした意味での〝かえる会〟のメンバーである。

昭和五十年の穂高登山は、多少難渋した山行きになった。帰途、涸沢《からさわ》ヒュッテを出て、奥又白《おくまたじろ》の本谷を降ったが、倒木が多く、それが到るところで道を塞《ふさ》いでいたので、両手、両足を使っての下山になった。二時間ほどで降りられるところに四時間かかった。漸くにして梓川の縁に辿り着いた時は、人の顔が見えるか見えないほどの暮色が立ち籠めていた。

その時、私たちは安川君の姿が見えないのに気付いた。安川君はこの穂高行きの時、初めから元気がなかった。一歩一歩足を運ぶのさえ辛そうであった。しかし、辛いということは一語も口から出さなかった。私たちは相手が登山家として知られている安川君であるので、労りの言葉を口から出しにくかった。労りの言葉をかけると、彼はそれを払いのけた。彼は朝からウィスキーを飲んでいたが、酒に酔っているようにも見え、また体のどこかが悪いのを、アルコールの力でごまかしているようにも見えた。いずれにしても、正常でないことは確かであった。

その日は、すっかり暮れてから徳沢園に着いた。一時間経っても、二時間経っても、安川君は姿を現さなかった。落伍したことは明らかだった。

私たちは安川君のことが心配で堪らなかった。結局、若い連中が何人かで、安川君を迎えに行くことにした。捜索隊の出動というわけである。そしてそのことを、私は、これまた登山家として知られているI君に諮《はか》った。すると、I君は、

――捜索隊を出すなどという必要はない。心配ありませんよ。相手は登山家の安川さんです。歩けなくなったら、どこへでも寝るでしょう。ちゃんと防寒の羽毛服も持っています。捜索隊などというものを出されたら、たとえどんなにくたばっても、安川さんはくたばりきれませんよ。

このI君の言葉で、捜索隊の派遣はとりやめることにした。I君は温厚で、優しい心の持主として知られている人であるが、その時の口調はきびしかった。

翌日、私たちが朝食をとっている時、安川君はやって来た。奥又白の本谷の磧《かわら》を出たところで、羽毛服をかぶって寝たということであった。

――時々、眼が覚めたが、その度に凄い風の音だった。

安川君は言った。

五十一年もまた、安川君は〝かえる会〟の穂高行きに加わった。誰の眼にも、体の状態は前年より一層悪くなっているように見えた。私が飾りのない言葉で注意すると、ちゃんと病院で診てもらっているから心配はないと言った。

この時は、三十年ぶりの初雪の猛吹雪に降りこめられて、私たちは徳沢園に泊ったままで、涸沢まで登ることは諦めなければならなかった。私は、この吹雪は安川君にはいいことだと思った。もし涸沢まで登るとしたら、安川君は登れないに違いなかった。しかし、安川君は登ろうとするだろうと思った。安川君の体の異常の正体が何であるか、私たちは正確には知らなかった。しかし、それには触れなかった。安川君は体がふらふらになっているのに、いつでも何でもないと言った。

五十二年もまた、私たち〝かえる会〟は紅葉で全山紅く燃えている穂高に登った。安川君は今年もまた登るつもりだった。登ると言うのに、それをとめることはできなかった。しかし、出発の前日、安川君は幹事役のF君のところに電話をかけて来て、急に入院することになって、今年は残念だが参加できない、そう言ったということだった。

それから一ヵ月ほどで、安川君は亡くなった。癌であった。いま思うと、安川君の山への執念というか、執着というか、そういう気持は凄いものだったと言うほかはない。おそらく氏は自分の体がどのようになっていたか、知っていたに違いないと思う。知っていたればこそ、山へ登ろうとしたのであろう。しがみついても、山に登ろうとしたのである。怖いようなものである。

それにしても、五十年の穂高行きの時、捜索隊など出さなくてよかったと思う。登山家のI君は、登山家の安川君の心をよく知っていたのである。I君も立派だったし、安川君も立派だったのである。

深夜、奥又白の本谷の磧近いところに倒れ伏し、ごうごうたる風の音を聞いていた安川君の、その時の心情を思うと、私はいつも襟を正さざるをえない思いになる。大きい感動で心が塞がるのを覚える。

安川君は死ぬまで山にしがみついていた。彼は本当に山を愛し、山から離れては生きられなかったのである。山は氏にとって遊びではなかった。山が遊びではなかったと言える人は、そうたくさんはないのではないか。そういう意味では、安川君は稀有な、本当の登山家だったのである。


(昭和五十三年二月・「小説現代」)

穂高

昨年の十一月に、初冬の穂高を訪ねた。時期が遅く、涸沢辺りは六〇センチの雪だということで、山に登るのは初めからあきらめていた。徳沢園で一泊、久しぶりで梓川に粉雪が舞うのを見て、それだけで十分楽しかった。

私は今年五月で七十五歳になる。もうそろそろ雪の中に出てゆくことは慎まなければならぬ年齢なので、昨年はこれが最後の初雪時の穂高行きになるだろう。そんな思いで出掛けて行ったのである。

しかし、年が明けて今年になってみると、今年は十月ごろ、初雪少し前に、これこそ最後のつもりで、西穂か奥穂に登ってみようか、そんな気持ちになっている。雪の季節でなくて晩秋の季節なら、別にそんなに遠慮することはないだろうと思う。と言って、だれに遠慮するわけでもない。強いて言えば自分自身も遠慮するということになる。七十五歳という年齢は、そういう自己規制の働く年齢なのである。

それはともかくとして、私は穂高オンリーである。他の山は全く知らない。小説『氷壁』でお世話になった穂高に、最後まで義理を立てている気持ちである。しかし、穂高も、梓川も、行く度に表情を改めている。『氷壁』を書く前年に初めて前穂に登り、それから二十五年程の間に、十数回穂高に登っている。まあ、長い付き合いと言っていい。穂高は永遠に若いが、こちらは年々老いてゆく。残念である。

（昭和五十七年一月三日・「佐賀新聞」）

Ⅲ 日本の風景

ありふれた風景なれど

大阪で新聞記者時代の十五年を過しているので、関西のあちこちを随分歩いていていい筈なのに、いま思い出してみると、どこも知っていない関西知らずの自分に驚くばかりである。

同じ勤先の新聞社に「近畿景観」の著者である北尾鐐《りよう》之助《のすけ》氏のようなその道の大家や、石川欣一氏、井上吉次郎氏のような特殊な旅行好きの趣味人を先輩に持っていたので、もう少し関西のあちこちを歩いていてよさそうに思うのだが、案外どこも知っていないようである。又、たとえ足をのばしていても、新聞記者という特殊なあわただしい職業のなせる業か、落着いてその土地土地の特殊な楽しさや美しさを自分のものとはしていないようである。併し求めに応じて、私の数少ない経験の中から二三心に深く印象づけられた場所を拾ってみることにする。

＊

私は南紀州が好きで、これまでに何回となく紀勢西線に乗ってその終点まで出掛けている。白浜、椿を過ぎて暫らくすると、南紀特有の紺青の海が車窓の右手に顔をのぞかして来る。その辺りから終点木本までの海の美しさは格別であるが、いつもこの汽車に乗って特に楽しいと思うのは、那智の駅に汽車がとまった時、駅のホーム越しに海の深い青さを見入る時である。いかにも南端の海らしく、海の青さはぎらぎら陽に輝いている。那智の駅もそうした海に面している駅にふさわしく、陰影というもののない不思議に明るい駅であるが、この駅など恐らく日本では、最も明るい駅の一つではないかと思う。高知にもこんな明るい駅はない。

それからもう一つ、終点木本町の東端にある鬼ヶ城の渦である。あの巨大な岩の台《うてな》も勿論珍らしいものには違いないが、そこで見る岩の狭間《はざま》々々の小さい潮の渦紋はちょっと他処《よそ》では見られないものかと思う。熊野灘がどんなに静かな時でも、ここには巨大な岩石の周辺に幾十という小さい潮の渦紋がゆるゆると流動している。昔鬼が棲んでいたという伝説があるそうだが、私はこの潮を見た時、恐らくここに棲んでいた人間が鬼になったものだろうと思った。こうした孤独傲岸《ごうがん》な潮の単調な退屈極まる動きを見ていたら、人間は誰だって鬼になる以外仕方がないではないかと思ったものである。この紀勢西線の沿線には潮岬があるが、ここの風景は余り好きでない。土用波でも立っている時か、暴風雨《あらし》の時でも行ったらいざ知らず、平生の日は断崖の肌が枯れた感じで、どこか貧しい感じがある。

＊

那智の駅のことを書いた序《つい》でに、駅のことに触れると、私は小海線の小さい駅々と伯備線の上石見《かみいわみ》駅が好きである。どちらも高原の駅であるが、高原の駅特有の閑散とした淋しさを夏には持っている。殊に上石見駅は一見すると何の変哲もない駅であるが、私はいつもここに汽車がとまると駅のホームに降り立ってみる。尤《もっと》も他の時期のことは知らぬ。と言うのは、私は一月か二月雪の降る時期に、上石見の駅を通ったことがあるが、この時はただ細長いホームに雪が白く置かれてあるだけで、至極平凡な、つまらぬ山間の小駅といった感じであった。駅を外れると石見の国というだけあって、いたるところ山肌に石が露出しているが、その周囲を埋めている雑木や、雑草の動きの美しさは夏季だけのものであるかも知れない。

＊

京都で好きなのは、竜安寺から仁和寺《にんなじ》へ行くいかにも京都の郊外らしい、のどかさを持った白っぽい風景である。竜安寺の石庭も好きであるし、仁和寺の二つの茶室も好きなので、京都へ出掛けると、大抵この道を一度は歩くが、八瀬大原程は田舎びていず、道の両側には途切れ途切れであるが人家が並んでいて、人家が切れると、柿の木を二三本持った畑地が置かれてあったりする。

併し仁和寺に沿って曲るところまで来ると、あたりの感じは暗くなり、いかにも時代劇映画にでも出て来そうな通俗さを持って来る。尤も竜安寺仁和寺間のこの道は、美しい石庭から美しい茶室へ向かう特殊な興奮が特に美しく私にあたりの風景を見せているのかも知れぬ。法隆寺の部落の白い古い壁に挟まれた道も、一寸他に見当らぬ美しいものだが、極く短い間だけなのが惜しまれる。

道のことを言った序でに言うと、高野山の金剛峯寺《こんごうぶじ》の前から金堂の横手を通り、親王院の前を通っている道路は私の好きな道の一つである。片側に千年の老杉《ろうさん》が、さほど深くなく生えて居り、余り暗くもなければ、と言って勿論明るい道でもない。陽の光も道路の上にちらほら散る程度で、私は物を書く時いつもこの道を思い出す。あの道を歩きながら自分の書くものの主題を考えたいと思う。併し東京からではちょっと不便なのでなかなか実現しそうもない。

＊

山は、登山の経験を殆ど持っていないので、〝登る山〟については皆目知識の持ち合わせがないが、見る山としては、伊豆のくぬぎや、ぶなの雑木林の山と、雪に覆われた比良《ひら》の山が好きである。

伊豆の天城の雑木の美しさは、二月の終りから三月へかけての春先きが一番いいと思う。瀬戸物にでも描いた絵のような冷たい感じが山肌の灰色の中にあって、その中に黄色い絵具でも塗りつけたような竹叢《たけむら》が大きく風に揺らいでいる様は無類の美しさである。

比良は勿論雪に覆われないと、あのボリウムを持った山容の大きさは見られない。冬琵琶湖畔の堅田《かたた》あたりからまなかいに見る比良もいいが、併し私の好きなのは、琵琶湖の北岸から、東海道線の車窓で見る雪の比良である。車窓と平行して、遥か前方に連なっている比良山系の遠望は雄大でもあり、他の山に見られぬ気品がある。比良の東斜面に石南花《しやくなげ》の大群落があるそうだが、登山に無縁な私は、琵琶湖を遠望できる斜面を埋《うず》める香り高い白い花の群落の美しさは、単に想像してみるだけで、そこに立つことは一生ないかも知れない。これに対する憧憬を、私は「比良のシャクナゲ」という、小さい作品に書いたことがある。
石南花と言えば、伊豆の天城にも万三郎岳の傍に石南花の群落があり、余り人に知られていないけれど見事なものだそうである。これは私の郷里に近いところであるが、私は勿論見たことがない。

*

琵琶湖では景観は小さいが、石山の秋が好きである。石山の石より白し秋の風と芭蕉は詠《うた》っているが、晩秋ことに暮方あそこを音訪《おとず》れると、落莫《らくばく》たる気が白い石と石との間に立てこめていて、ちょっと立ち去り難い気がする。
先きに書いた堅田附近は晩秋から初冬へかけてがいい。人影のない浮御堂の辺りは、眺望そのものにこれといって曲節はないが、何となくまとまりなく大きく開けている感じで、やはり湖畔で昔から屈指の眺望の地として名があるのに頷かれる。石山で月を見たことはあるが、ここから月を見たことはない。浮御堂附近一帯が月光にろうろうと照り渡るさまは、想像しただけでも無類の美しさである。

*

河では高等学校時代を過した金沢の犀川が何度見ても美しい。その後筑後川の満々と水を湛えた美しさにも惹かれたことはあったが、汪洋《おうよう》とした河面の感じでは日本の川は中国の河川に遠く及ぶべくもない。そこへゆくと、あのいかにも淙々《そうそう》というに相応しい川瀬の音を発している犀川の流れの美しさは最も日本的な特殊な美しさであるかと思う。

金沢には浅野川という川も市中の他の端しを流れているが、同じ金沢の川にしても犀川の広い河原を横たえ、そこの一部に清流を奔らせているゆったりとした眺めに較ぶべくもない。

＊

京阪地方では四季に亘って所謂《いわゆる》昔から景勝の地として名だたる場所が多いが、嵐山は何と言っても遅咲きの桜がちらほらと新緑の中に覗かれる四月の終りの頃がよく、それも暮方に行くに限る。いつか須田国太郎氏がこの時季の嵐山を描いて日展か独立展に出品していたが、あれも暮方の嵐山ではなかったかと思う。陽が落ちると嵐山は急に山容を改めるかと思うくらい通俗なものを払い落す。強《あなが》ち観光客が疎《まば》らになって埃りがおさまるためばかりではない。川の面だけに夕明りが漂い、夕闇は山の頂から次第に下に降りて来る。

高尾、栂尾《とがのお》、醍醐等秋の紅葉の名勝は京都には多いが、案外山崎の紅葉の美しさを知っている人は少ない。山崎の駅前の古い茶室妙喜庵の横を通って、天王山の中腹に上るのもいいが、谷崎潤一郎氏の「蘆刈」で有名な淀川の河畔から満山紅葉した天王山を見るのもいい。晩秋になると、あの附近は時雨《しぐれ》が多いが、時雨の過ぎた後の濡れた紅葉の多彩な美しさは形容する言葉がない。

この他高野沿線学文路《かむろ》附近、七夕の高岡の町、大和古墳群の中心にある古市《ふるいち》、内海沿岸の竹原等々、まだ書きたいところは沢山あるが他の機会にする。

（昭和二十六年十月・「旅」）

木々と小鳥と

今年はせいぜい余暇を作って旅行しようと思ったが、旅行らしい旅行もしないうちに、いつか春も終って、五月の声を聞いてしまった。この調子では、どこへも出掛けず、東京にくすぶったままで、一年が終ってしまいそうである。

二三日前、箱根の山の新緑を見に乙女峠へ行って来た。どうせ旅行らしい旅行ができないなら、せめて実行可能なハイキングまがいの小旅行でもしないよりは増しだと思いついて、思いついてから一時間程の間に、鞄に洗面道具だけを詰めて家を出た。

誰でも知っているように、箱根の山は外輪山も内輪山も、老いた感じである。やわらかくておだやかで、その山の形にも山肌の色合にも青年の若々しい感じはない。

仙石原から見ると、山の斜面は二種類に分けられる。一つは箱根竹、かや、熊笹に覆われた遠くから見ると、灰色を基にしたやわらかな色調に塗られている山である。そっとその上を手で撫でてみたいほどの柔かさである。灰色の上質の毛布でも拡げているような、見た眼の感触である。

冬に見ると、これが幾らかそうけ立った冷たいものに感じられるが、この季節では、その冷たさが消えて、やわらかさだけが目立っている。ここを風が通るのは美しい。

もう一つは雑木林の山の斜面である。伊豆の雑木林とは美しさがまるで違う。伊豆はくぬぎが多いが、今度この山を歩いてみたところでは、くぬぎの木は殆ど見当らなかった。

雑木林の茶褐色の色調の中に明るい碧《みど》りの若葉がもくもくと盛り上がり始めている。ブナ、ナラ、ソノ、ケヤキ、コハゼといった種類の木である。山裾から登って行くと、グミの木の大きいのも注意して見ると到るところに見受けられる。山巓近くなると、ウツギ、リンカ、ヒイラギ、ツツジ、コメツツジが、風に頭を押えられるためか、発育を不自然にとめられた形で、雑木の中に混じっている。ツツジも多い。いま（五月初旬）は紫の花をつけている。土地の人に訊いてみると、紫の花が散ると、次に赤のツツジが咲き、最後の白のツツジが咲くということである。しかし、私は雑木の中に置いて見るには紫のツツジが一番好きである。雑木の中に点綴《てんてつ》する紫の色彩の美しさは、亡くなった二科の国枝金三画伯の作品から教わったものである。晩年の氏は雑木の中に咲いている紫色の花ばかりを好んで描いた。その頃は、氏がなぜこのように、紫色ばかりに取り憑《つ》かれているか奇妙な気がした、が近頃になって、自然の中に置かれている少々沈鬱なこの色の美しさに、心惹かれるようになった。萌え立とうとしている新緑の山の斜面の中に於て、殊に然りである。

ヤシャの木も芽を出し始めている。

私は、この春仕事であわただしく過してしまって、ろくに桜も見なかったが、金時山から乙女峠へ出る道の両側で、満開の山桜に何本もお目にかかった。しんとしたその静かな美しさに見惚れた。

鳥は、ウグイスとミソサザイが啼いていた。尤もミソサザイは麓は寒い時だけだが、このくらいの山になると、一年中居るのかも知れない。まだ少し時期が早いので、コマドリ、クロッチョ、カッコウ、ツツドリなどの鳥の啼き声は聞えないということだった。二年程前に、何種類かの鳥の啼き声が、山の斜面のあちこちに降るように聞えていた時に、ここに来たことがあった。六月であったか、七月であったか、季節ははっきりと記憶していない。

こんど、金時山の頂上に住んでいる小見山妙子さん（金時娘といわれている娘さん）に、この近くで一番美しい眺望の場所はどこかと訊いてみると、百丁《ひやくし》ガ崖だということだった。

道を訊くと、道がついていないから、知っている人に連れて行って貰う以外、行けまいという。そこで小見山妙子さんの兄さんの二十二三の青年を煩わして、そこに案内して貰った。

金時山と乙女峠の中間の地点を、仙石原の方とは反対の斜面に降りて行った。時間にすれば十分か十五分ほど降りて行ったところで、さほど遠い地点ではないが、雑木林の急な斜面を、木の枝につかまって降りて行くのが少々大変だった。

道案内の山の青年も、そこへの降り口が判らないらしく、二回自分だけ斜面を下って行って二回引き返しているところを見ると、彼もまためったに足を踏みいれることのない場所のようだった。

行ってみると、険しい山の斜面に、そこだけ巨大な岩石が重なり合って露出し、その一番先端の岩の下は、洞穴のようにくり取られたまま、深い谷になっていた。岩石の質がやわらかくて崩れそうなので、その岩の尖端まで行く元気はなかった。

しかし、眺望はなるほど大きかった。駿東郡の北部一帯の平原が眼下に収められ、その向うに大きい富士が坐っていた。

沼津から国府津に出る御殿場線が平原の左手の方に見えた。御殿場線に沿って流れている鮎沢川も、ちぎれた針金の欠片のように、所々陽に光っている。

右手の方には丹沢の山塊が起伏して平原を抱いている。平原には町らしい人家の茂りが二つ見える。御殿場町と小山町だということであった。

その平原に落ち込んでいる山の斜面は、反対側の仙石原寄りの斜面とは、趣きを全く異にしていた。雑木の種類は同じものらしいが、ひどく暗く冷たい感じだった。眼下に見える平原そのものがまた陰鬱である。初夏の陽は同じように照っているが、全体に暗い翳がかぶさっている感じである。平原といっても、上から見降ろして言えることで、丘陵の起伏が波のように拡っているのがわかる。そうした土地の高低起伏が生み出す、特殊な表情であるかも知れない。

しかし、山に住む少女がここを一番美しい場所だと言ったことを考えると、私はそのことが面白かった。山に四六時中暮していると、こうした重くるしい沈鬱な表情に、次第に魅せられて行くのかも知れない。

この春の初めに四国の小豆島へ行った。これは全く、新聞小説にこの島および附近の島を書きたいためで、往きは宇野から高松に出て、そこから島に渡り、帰路は、島から大阪へ夜の船で渡った。

山はいくら向かい合っていても倦きないが、海は直きにその単調さがやり切れなくなる。

静かな海の到るところに、大小の島々が散在している瀬戸内海の風景は、美しいことは美しいが別段、暫らくでもここに住んでみたいとは思わない。

これと同様に、伊豆の西海岸の屈曲の多い海岸線も、これは郷里へのコースで年に何回となく、バスや自動車で通るが、やはり直きに倦きてしまう。

海なら、熊野灘とか、小さい砂丘を持っている日本海の海が好きである。躍り、怒っている荒い海が、私には性が合っている。潮岬へは二度行った。一度は夏季で、断崖が枯れて、いかにも貧相だったが、次に秋の暴風雨模様の日に行った時は、まるで全く異った海の感じで、荒れた潮岬は美しかった。
海で特に印象深いのは、夏の博多の海と、冬、雪の降っている日の津軽の海であった。

私は学生時代暫らく福岡で過したことがある。その頃は、夏になると、毎晩のように唐人町の下宿から裸体で飛び出して、夜の海につかった。海水を垂らしながら岸へ上がってくると、夜光虫がきらと光った。

青森の海岸で見た津軽の海はいかにも業苦という苦しい感じで、雪に降り込められて居り、視界は全く利かなかった。併し当時、倉田百三の「絶対的生活」に読みふけっていた二十代の初めの私には、極めて印象深いものであった。

私は一時間近くもその海を見詰めていて、少しも倦きることがなかった。

同じこの青森の夏の海で、詩人の井上康文氏と、泳いだことがある。夏の終りだった。風呂にでも浸かるように、私たちは肌に冷たい海に浸かった。その時のことが、どういうものか、妙に悲哀を伴った感情で、いまも私の心に強く捺されている。

（昭和二十七年七月・「旅」）

道道道

道を歩く楽しさというものは、日本ではもうなくなってしまった。東京、大阪の大都会は勿論のこと、どんな片田舎へ行っても、のんびりと道を歩くことはできない。トラックが一台走れば砂塵濛々として、暫くは見透しもきかぬ状態であるし、そのトラックが田舎は田舎でまたやたらに多い。

もともと道というものは人間が歩くところである。その人間の歩くところが、いつの間にかすっかり、バスやトラックやタクシーに占領されてしまい、人間はくるまの通らない時を見計らって、その片隅をほんの少し歩かせて貰っている有様である。

私たちは昔、道を歩く楽しさを持っていた。〝そぞろ歩き〟という言葉もあったが、いまはそぞろ歩きする道など日本中に一本もないだろう。〝てくてく歩く〟という言葉もあったが、いまはてくてく歩いたりしていたら忽《たちま》ちにして、くるまにやられてしまうだろう。〝散歩道〟といったのんきな道も、もうどこにも見出すことはできない。

近ごろの青年たちは歩くことを嫌って、すぐくるまに乗ると非難する人もあるが、これは非難する方が間違っている。歩いたりしていたら生命にかかわる。バスや電車に一刻も早く避難してしまった方が安全である。

この間、山登りをしている学生が来て、山登りをする楽しさは、くるまの通らない道を自分の足で歩く楽しさですよ、と言った。なるほどそうかも知れないと思った。青年たちは本当はどこでも自分の足で歩きたいに違いない。私は自分の高等学校時代を振り返って、自分がほんとによく歩いたことを思い出した。気の合った友達と連れ立って、暇さえあれば街のどこかを歩いていたものである。

今日、青年たちが思う存分歩くには山へ行く以外仕方がないだろう。山にだけは、くるまに怯《おび》やかされないで歩くことのできる道がある。上高地から徳沢小屋までの樹林地帯の道など、そこを一度歩いたら最後、青年たちが心を奪われてしまうのは無理ないことだと思う。今日、登山ブームで、若い者は寸暇を惜しんで山へ山へと押しかけているが、山へ行く大部分の者は、高山を征服するなどということより、くるまの通らない道を自分の足で歩く楽しさに惹かれているのかも知れない。

私は近頃ゴルフをやり始め、暇があるとコースへ出掛けるが、コースへ出る楽しさの何分の一かは、やはりくるまに怯やかされないところを、自分の足で歩く楽しさにあるようである。中年過ぎて山へ行けなくなった者は、ゴルフでもやる以外、自分の足で歩く楽しさは味わえない。戦後のゴルフ熱の急激な上昇は、若い人たちの登山熱のそれと同じように、自分で歩く道が失くなってしまったことに関係があるかも知れない。

私は多くの人間が集まって住む都市というものの、都市と呼び得るための最低の条件は、そこが人間が物を考えて歩くことのできる道を持っていることだと思う。そうした道がなくなったら都市でも何でもない。ただ人間がやたらに多勢集まっている場所であるにしか過ぎない。

パリにも、ロンドンにも、ニューヨークにも、まだまだ静かに物を考えながら歩くことのできる道がある。そうした道を持っていないのは、日本の東京や大阪だけなのである。

ヨーロッパでもアメリカでも、老人が非常に多く眼につく。眼につくほど多くの老人が出歩いているのである。老人の生活保障ができ上がっていて、そのために老人が街へ出てレストランや喫茶店で時を過すゆとりがあるのだという考え方もできるが、一方で老人たちが歩くことのできる道があるという見方もできる。東京では老人のひとり歩きなど危くてできない。

自動車はこれから益々増えて行くだろう。世界のどこの国でもこれは同じだから、自動車の数を押えるというような考え方は成り立たない。道の方を改める以外仕方がないだろう。道を改めるといっても、いまとなっては、これは容易なことではない。長い年月をかけて、徐々に改めて行くことになるだろうが、都市計画にたずさわる人たちに望みたいことは、広い車道に平行して、広い人道を作ることを忘れないで貰いたいことである。道というものは、もともと人が歩くところなのである。北京の天安門の大通りは、百何十人かが横隊になって通行できるという広さを持っているが、この広い車道の両側に、それぞれ街路樹で仕切られた三本の人道を作ろうとしている。そしてその一部は既にでき上がっている。中国は往古、長安や洛陽の、街衢《がいく》整然たる独特な都を作ったが、そうした伝統が、いま新しい都造りをさせているようである。

東京を世界で一番美しい都にするぐらいの遠大な計画と夢とを、都市計画を担当する人たちに望みたい。現下の混乱を一時的に整備することも勿論必要であるが、それと一緒に大きい夢と計画とを併せ持つことを忘れないで貰いたいと思う。

（昭和三十七年三月・「中央公論」）

夜叉神峠

野呂《のろ》川とか鮎差《あゆさし》とかいう名を初めて耳にしたのは、五、六年前のことである。登山家でもあり、小説家でもある安川茂雄氏が、いつか私に南アルプスの話をしてくれて、その折り、私が行ったら悦ぶに違いない場所として、野呂川渓谷の話をしてくれた。

谷が深くて、野呂川は遥か下の方に小さく見える。野呂川はどんどんという音を立てて流れている。そうした川の音を聞きながら歩いて行くと、今は人が住まなくなった数軒の家が立腐れて残っている場所もある。木材仕事でもしていた人の住んでいた小屋であると思われるが、どこかに廃村といった趣があり、実にいいですよ。

確かこのような話だったと思う。私は立腐れになった家の聚落があるということと、野呂川という川の音がどんどんと太鼓でも打つように聞えるということに惹《ひ》きつけられた。南アルプスの山懐ろにそのようなところがあるなら行ってみたいと思っていた。

それがこんど（一九六四年十一月）、本誌（「週刊朝日」）のこの企画のお蔭で、野呂川渓谷、詰り白鳳《はくほう》渓谷なるところへ足を踏み入れることになったのである。と言って、ここを選んだのは、野呂川の川瀬の音を聞くためでも、無人部落を見るためでもない。去る六月一日から南アルプス国立公園に指定されたこの地帯の紅葉が、類《たぐ》いなく美しいものだと聞かされていたので、それを見るために、十一月の初旬、あわただしく東京を発ったのであった。初雪が降ったとか、降りそうだとか、そんなニュースもはいっていたので、この渓谷一帯の地の中心ともいうべき夜叉神《やしやじん》峠に登れなくなっては大変だというわけで、一泊二日のひどくきりつめた日程で出掛けたのであった。同行者は本誌編集部のK女史とカメラのM氏、それぞれ冬山登山の身ごしらえである。

中央線を甲府駅で降り、直ちにタクシーで今夜の宿泊場所である桃の木温泉に向う。桃の木温泉というのは、私たちが目指す南アルプスの山裾にある温泉場で、T館という旅館が一軒しかない。が、ここが夜叉神峠へ上るにも、紅葉の美しいという白鳳渓谷へはいって行くにも、一番便利な足がかりだということで、私たちはここを宿泊場所に選んだのである。

東京はこの二、三日曇っており、私たちは雨を心配していたが、甲府へ降りると、気持よく晴れていて、絶好の秋日和である。甲府市内を外れると、間もなく正面右手に鳳凰《ほうおう》三山、真中に白峰《しらね》連峯、左手に櫛形山《くしがたやま》が見えて来る。竜王本町に入って釜無《かまなし》川を渡り、高砂《たかさご》部落にはいる頃から漸《ようや》くあたりの風景は変って来る。林檎《リンゴ》、桃、桜桃などの果樹園が続く。やがて、くるまは白根町へはいり、道は桑畑の中をつっきって、まっすぐに伸びている。この付近から葉一つ持たない枝々に赤い実をつけた柿の木が多くなって来る。干柿の産地であるという。

甲府から約一時間足らずで、芦安《あしやす》村にはいる。地図で見ると、夜叉神峠も芦安村にはいっているからずいぶん大きな村である。御勅使《みだい》川に沿って、新倉、古屋敷、小曾利、大曾利、沓沢などの字が散らばっている。それぞれ数軒から二、三十軒の部落で、それが断崖の上や段々畑のあちこちに点々と置かれてある。

やがて野呂川林道建設事務所の前でくるまを停め、野呂川林道へはいって行く許可証を貰う。一応ここで白鳳渓谷へはいって行くくるまは制限されているわけである。

そこから十分程で、くるまは桃の木温泉のT館へ着く。正午少し前である。T館は昔からある古い旅館だが、最近新館が建て増され、その方の二階へ案内される。古い方の建物には長い廊下に沿って暗そうな部屋が並んでいて、つき当りに大きな浴室が設けられてある。温泉といっても、温度が低いので電気で加熱され、温泉旅館というより湯治場という方がぴったりする。

私たちは案内された座敷にはいるや、すぐ窓を明け放した。部屋から見える山という山は尽《ことごと》く紅葉している。真赤なのは本楓《かえで》、やや黄ばんでいるのは水楢《みずなら》、赤褐色は櫨《はぜ》、明るい黄色は楢、そんなことを宿の番頭さんであり、自動車の運転手でもあり、私たちの山案内人でもある内山光さんが教えてくれる。私たちはいま白鳳渓谷の入口の宿に居るわけであるが、宿は御勅使川に沿っており、紅葉した丘に包まれている。紅葉していなかったら、ただ静かなだけの平凡な風景であろうが、眼に触れるあらゆるものが火でもついたように赤く燃えているので、宿はひどく贅沢な感じである。宿の建物もまた真赤になって燃え上がりそうである。

宿で中食をとり、午後夜叉神峠へ登ることにする。内山さんの運転で、夜叉神峠の登り口までくるまで行き、そこから峠までは約五十分歩かねばならない。私たちは靴をキャラバン・シューズに履き替え、くるまに乗り込む。

くるまは御勅使川を渡って山腹をじぐざぐに登って行く。この道が野呂川林道である。この道は山を大きく半周して、野呂川渓谷へ出て、あとはどこまでも野呂川に沿って上流へ上流へと溯って行く筈であるが、そこのドライブは明日のことにして、今日は野呂川渓谷の入口でくるまを棄てて、夜叉神峠を目指すわけである。

満目紅葉である。

——紅葉も霜が降りるまでです。霜が降りると、葉は全部落ちます。カラ松が一番早く紅葉しますが、紅葉したままかなり長く我慢しています。

内山さんは運転しながらそんなことを言う。

——紅葉の一番見事だったのは、今年は十月二十四日でした。そりゃ、きれいでした。

十月二十四日というと十日以上前である。その日がどのように美しかったかは、私たちにはちょっと見当がつかない。現在目にしている紅葉が眼のさめるように美しいので、これ以上美しいと言われても、その美しさは想像できない。

やがて、くるまは夜叉神トンネルを通り抜ける。一一四八メートルの長いトンネルである。そこを通り抜けると、風景はがらりと変る。はっと息を飲むような思いである。正面に白峰三山（北岳、間《あい》ノ岳《たけ》、農鳥岳《のうとりだけ》）の一つである間ノ岳が白雪を頂いた姿を覗かせている。

トンネルを抜けたところで、くるまを棄て、私たちは夜叉神峠を目指して登山道を登り始める。初めはかなり急坂が続く。穂高へ登る時の横尾の出合からの登り口に似ている。あれほど石がごろごろしてはいないだけの違いである。

私たちは休み休み登って行く。五十分かかるというから、それに一時間半の時間をかけることにする。山巓《さんてん》を極めるのが目的ではなく、紅葉を見るのが目的であるから、目的を間違えないで、ゆっくり周囲の紅葉を鑑賞しながら登っていくことにする。依然としてどこへ眼を遣っても紅葉である。山によって全山真赤な山もあれば、青さの混じっている山もある。青い木はあせびの木、モチの木、ツガの木、五葉の松なのである。その他の木はみんな真赤だ。やがて道はやや傾斜をゆるめ、楢林にはいる。熟した柿のような独特の赤さである。小鳥があちこちで鳴いているが、小鳥の姿がすぐ眼にとまるのは、小鳥だけが赤くないからであろう。足許をリスが飛んで行く。

やがて道の両側は熊笹の原になる。それが尽きると、こんどはカラ松の林が続く。カラ松の紅葉は楢の紅葉のような派手さはないが、渋い美しさを持っている。赤いというより褐色に近いが、それでいて、少しもくすんでいる感じはない。それにカラ松は幹も枝もまっすぐに伸びていてどこかに工芸的なものが感じられるので、その紅葉もまた、別種の気品を持っている。

カラ松の林を抜けると、山の頂きである。所要時間一時間十分。わたしたちは広い台地の上に立った。カラ松の老樹が点々と立ち、その間に白樺の木がちらばっている。ここは高谷山《たかたに》と辻山とをつなぐ尾根の一地点である。高谷山も、辻山も真赤である。

台地の端に立って、西方を眺めると、北岳、間ノ岳、農鳥岳、雨池山、大唐松山などが相重なって見えており、雨池山の肩の上に日輪が輝いている。白峰三山はいずれも山巓に雪を頂いている。私たちの方に近い雨池山、大唐松山はいずれも全山紅葉し、ここからでは陽の光のためか赤くただれたように見える。そして大唐松山の左手には赤石山脈の連峯が折り重なって、雄大な景観をなしている。

反対の東側の台地の端に立つ。櫛形山の方には白雲が湧き起っており、雲に匿《かく》されぬ山肌は夕陽を受けて、これもただれたような赤さである。

私たちは、次に桃の木温泉のある金山沢《かなやまざわ》一帯の地を覗く。ここの紅葉は一層美しい。沢を抱きこむようにしている辻山も、甘利山も山巓から裾まで真赤な衣装を纏《まと》っている。そして金山沢には御勅使川が一本の青い紐のように置かれ、それに沿って芦安村の諸部落が小さく点々と見えている。そして、その向うはガスで閉ざされているが、そのガスの幕が切れると、その向うに甲府盆地が大きく拡がっているのが見える。釜無川も見えている。

今の今までよく晴れていたのに、突然雨が落ち始めた。私たちは急いで下山しなければならなかったが、山を降りると、雨はぴたりとやんだ。

翌日も晴天であった。久しぶりでくるまの音のしない所で深い熟睡をとったので、頭は軽くなっている。

九時に、白鳳渓谷をドライブするために、わたしたちは宿を出た。野呂川林道の尽きるところまで行くには一時間半かかるという。そこまで行ってみることにする。この林道は山梨県の綜合開発の一環として着工され、昨年秋、十余年ぶりに竣工したもので、夜叉神トンネルだけで二年もかかった。

この道が造られたお蔭で、それまで一部の登山家だけのものであった白鳳渓谷の景観を、私たちも自分のものにすることができるようになったのである。しかも自動車の窓から眺められるというのであるから、贅沢なことと言うほかはない。

この野呂川林道には二十一の橋と二十三のトンネルが作られている。きのう通った夜叉神トンネルが一番長く、そこを抜けると、すぐ観音トンネルが続いている。きのうと違って午前中なので、陽の光の加減で夜叉神トンネルを抜けて見る間ノ岳の眺望は全く別の山のような冴えた美しさを持っている。観音トンネルを抜けると、私たちはここでもまた息を飲む。間ノ岳に並んで北岳が全貌を現わしているからである。ここから見る観音沢の紅葉もまた壮観の一語につきる。私たちはここで初めて野呂川にお目にかかる。私はこれまでこれ程深い渓谷も、そこに一本の鎖のように横たわっている遠い感じの川も見たことはない。川はそこに見えているが、ひどく遠い。

くるまが走って行くに従って、少しずつ眺めは変って来る。北岳、間ノ岳以外に、農鳥岳も顔を出し始める。白峰連峯の美しさに初めてお目にかかる。野呂川を挟んでこちら側に御池山、吊尾根、鷲住山なども見えて来る。野呂川は依然として深い谷底に細い流れを見せている。

野呂川は白峰連峯と共に、私が長い間見たいと思っていた川である。併し、今は発電用の水をとられているので、荒川取入口から下流は極めて少ない水量である。どんどんという流れの音は聞くことは思いもよらない。併し、水が多い時は、この奥深い谷底の川は、実際にどんどんという川瀬の音を立てていたのであろうと思われる。いまは川縁まで紅葉している。

この野呂川は下流になると早川となり、身延付近で富士川に注ぐ。私たちの宿の前を流れている御勅使川は釜無川に入り、鰍ヶ沢で、これもまた富士川に注ぐ。この二本の川は、この地帯でまるで逆の方向に流れているようであるが、共に富士川に注ぐところは面白い。

更にくるまを走らせていくと、白峰三山に対して野呂川を挟んで対《むか》い合うようにして鳳凰三山が見えて来る。私たちはくるまから降りる。ここが恐らく白鳳渓谷の中で一番眺めが雄大な場所であろう。左手に鳳凰三山、右手に白峰連山が眺められ、その間にまるで天涯にまで続いているような野呂川上流一帯の地峡を一望のもとに眺め渡すことができる。はろばろとした景観である。遥か行手正面にアサヨ峰が見える。野呂川はそこに源を発しているのである。

くるまは野呂川に沿って更に上流へ上流へと溯って行く。荒川取入口をすぎると、野呂川の水は多くなってくる。やがて身延の方から伸びている電源開発道路とぶつかる。そこに野呂川大橋がかかっている。

二十三あるという最後のトンネルを越えると、間もなく、野呂川林道は尽きる。野呂川林道の終点は広河原というところだと聞いていたので、広河原という部落があるのかと思っていたが、そんなものはなく、その名の通り、野呂川の広い河原があるだけであった。磊々《らいらい》たる石の原である。

私たちはくるまを降りて、その石の磧《かわら》の上を歩いた。ここで道は尽きているが、野呂川の流れはまだ続いている。私たちも磧の上を歩いて行けるところまで上って行く。やがて野呂川の流れは急角度に折れ曲り、そこで磧も断ち切られている。私たちはここで野呂川に別れを告げる。このあたりまで来ると、野呂川は、穂高徳沢小屋あたりでみる梓川《あずさがわ》に似ている。水も清く澄んでいて、長く手を入れていられないほど冷たい。

この磧には庭石として珍重される白鳳石という石があった。内山さんは、

――これが、その白鳳石です。いろいろな色のがあります。

と、幾つかを拾ってみせてくれる。北岳から、大カンバ沢へ流れ出て来る石だそうである。北岳を真正面から見られる大カンバ沢という沢には、なるほど白鳳石の大きなのがごろごろしている。

私たちは磧に腰を降ろして、内山さんに夜叉神峠の名の由来を聞いた。昔、御勅使川の水源に荒ぶ神が住んでいて、悪疫、洪水、暴風雨などを司って、民を苦しめていた。里人はこうした災害を夜叉神祟《たた》りと呼んでいた。淳和《じゆんな》天皇の時、朝廷は勅使を御差遣になり、水難防除を祈らせられた。峠の鞍部には夜叉神の祠が祭られた。それ以来御勅使川の名前ができ、峠は夜叉神峠という名になったという。

――まあこういうことになっていますが、いまの夜叉神峠は、別名鮎差峠、またヤシャビシャクの木が沢山生えていたのでヤシャ林峠とも呼ばれていたんじゃないでしょうか。そのヤシャ林峠が夜叉神峠になったという見方はどうでしょう。

内山さんは言った。その名のいわれがいずれであるにせよ、若し、私に一つを選ばせるとすれば、私は鮎差峠をとるだろうと思った。鮎差峠という名の字面も、音も何とも言えずいいからである。私たちは磧で一時間以上腰を降ろしていた。ここ

にはもう紅葉はなかった。いまは静かであるが、冬が、そこに牙をむいて迫ってい
る感じであった。実際に冬はすぐそこに来ているのであろう。

（昭和三十九年十一月二十七日・「週刊朝日」）

残したい静けさ美しさ

梓川と高瀬川の合流点は美しい。高瀬川が大きいカーブを描いて、梓川の横っぱらに流れ込む、その流れ込み方もいい。槍ヶ岳の東面と北面に発する二つの川が、それぞれ大きくう回して邂逅《かいこう》する邂逅点は、まさにこのようなものでなければならぬという気がする。はげしく、大きく、おおらかである。

この合流点に沿って、穂高町をのせた松本平が広がっている。五月の田野には紫色のライラック、黄色のヤマブキ、緋色のボタン桜、白いコナシ、いろいろな花が澄んだ大気の中に点綴されている。そして、この平原の背後に雪の北アルプス連峰がびょうぶのように置かれてある。常念、大天井、燕岳、いずれも頂きはまだまっ白だ。ちょっとこれ以上ぜいたくなびょうぶはないだろう。

初夏の穂高町はいい。穂高明神池に奥ノ宮を持つ古い由緒の穂高神社がある。戦国のドラマに色どられた小岩岳城趾がある。たくさんの古墳がある。美しい宝石箱のような松尾寺がある。冷たい地下水に洗われているワサビ畑がある。みんな若葉の緑の中にかくされている。簡単には見つけられぬように木立ちの中に仕舞われてある。それから、この町で生まれ、三十二歳でなくなった天才彫刻家荻原守衛の作品が竝んでいる小さい美術館もある。明治時代にロダンに師事して女の裸像と取り組んだ人は、この町に生まれているのである。内部にはいると、パリのロダン・ミュウゼアムの一隅に立っているような気持ちになる。

北アルプス連峰のびょうぶのすそをドライブしていると、いつまでドライブしていてもあきない。一帯の自然林には、まだ都会の騒がしさははいっていない。ここだけはいまの静けさと美しさを傷つけないで残しておきたいと思う。

川端さん、東山さんとごいっしょのドライブは楽しい。川端さんは小岩岳城趾の大岩石が気に入られ、長いこと、その上にすわっておられた。東山さんはワサビ畑を取りまいていたアカシヤの竝み木の美しさをしきりに歎賞しておられた。それにならって、私も一つを選ぶとすると、私の場合は穂高神社のケヤキの巨木ということになろうか。その浅い緑の芽吹きの美しさは格別なものに思われた。

（昭和四十五年六月三日・「東京新聞」）

日本の風景

昭和四十年と四十二年に、それぞれ一か月半のロシア旅行を試みた。いずれも五月から六月にかけての季節を選んだ。シベリアも、モスクワ、レニングラード方面も、長い冬から解放される時季であるし、南部の沙漠地帯の方は、暑いには暑いにしても、猛暑の時季にはいるには少し間がある。ロシアという広大な国を旅行するには、一年中でこの時期が、まあ、一番無難ということになっている。

二回の旅で二回共、レニングラードで、雪片の舞う寒い日に出遇った。確かに春の陽光は散っていたが、まだ完全には冬は終っておらず、時々冬は顔を出していたのである。そこから一気に南へ飛んで、ウズベク、タジック、トルクメンといった沙漠の国々へ行くと、確かに本格的な夏はまだやって来ていなかったが、それでも日本の盛夏より暑い日々が置かれてあった。

四十二年の旅の時は、モスクワからシベリア鉄道の厄介になって、八日八晩シベリアの単調な風景の中を突切った。毎日のように、朝から晩まで、車窓から見るものは、白樺の原始林であった。三時間か四時間ごとに汽車は駅に停まった。駅のプラットホームに降り立ってみると、陽光は春の近いことを思わせたが、空気は真冬の冷たさであった。

そうしたロシア旅行から日本に帰って来た時、いずれの時も、最も痛切に感じたことは、季節というものが狂っている国の旅から、季節がこまかい目盛りで、秩序正しく運行している国に帰って来たということであった。日本は六月の終りであった。梅雨がまだあけ切らず、曇った空が拡がり、毎日のように雨が降ったり、歇《や》んだりし、そうした湿った空気の中で、庭の紫陽花《あじさい》は毎年そうであるように、薄紫の花の色を日一日濃くしていた。

外国旅行のあとはいつも半か月ほど東京でぼんやりしていて、それから旅に出る。ロシア旅行のあとも一回目の時は京都、奈良へ行き、二回目の時は北陸へ出掛けた。堪まらなく日本の自然の中にはいって行きたくなるからである。どこへ行っても、多少の季節の遅い早いの差はあるが、梅雨の季節はまさしく梅雨の季節であり、それ以外の何ものでもない。梅雨のあけるのを待って、その向うに初夏が控えている。

やがて梅雨があけて、初夏がやって来る。夏空、夏の山、夏草、自然はすっかり装いを新たにし、昼は長くなり、夜は短くなる。初夏は少しずつ熟れて行く。驚くほどの正確さで、盛夏へ、土用へ、大暑へと、ゆっくり移って行く。

私が日本の夏を本当にいいと思ったのは、四十年と四十二年の二回のロシア旅行から帰った時である。何という正確な初夏から夏への移行の仕方だろうと思った。そしてあらゆる風物がそれに従って、眼に見えるか、見えないかの変り方で、日一日たたずまいを改めて行くのである。

一昨年（四十六年）九月から十月にかけて、アフガニスタン、インド、ネパールの主として山岳地帯を旅行した。アフガニスタンでは北部の草原地帯はすっかり灰色になってしまい、色彩というものの全くない枯草の原野を、昼と言わず、夜と言わず、大小の遊牧民の集団がパキスタンに向って移動しつつあった。ヒンズーグシュ山中の集落も、首都カブールも乾燥しきっていた。二年間雨が降っていなかった。ネパールでは、カトマンズから小型飛行機を使って、ヒマラヤ山地にはいり、二十五名のキャラバンを組んで、四〇〇〇メートルのエベレストの麓まで行った。

途中に、ナムチェバザール、クムジュン、ホルシェといった優秀なシェルパが出ることで知られている集落があった。集落には必ずチョルテンと呼ぶ石を積み上げたラマ教の塔があり、小さい家々は例外なく屋根にタルシンというラマ教の祈り旗を立てていた。集落はチョルテンで護られ、家々はタルシンで護られているのである。また路傍の少し大きい石には、誰が刻んだのか、ラマ教の経文が刻まれてあり、橋という橋の袂《たもと》には小さいチョルテンが造られてあったり、タルシンが立てられてあったりした。ここではエベレスト連峯も、ドウトコシの流れも、断崖も、岩石も、自然のあらゆるものが、人間が生きて行くためには敵であった。そうした無数の敵に包まれて、ヒマラヤ山地の住民たちは明けても暮れても、災害なきことを祈って生きているのである。

そうした地域の旅から日本へ帰って来たのは十月の中頃であった。アフガニスタンの遊牧民とも、ヒマラヤ山地の住民たちとも違って、人々は美しい自然に包まれ、その恩恵の中に生きていた。牧草を求めて、集団で移動して行く人たちも居なかったし、チョルテンやタルシンによって、自分たちの毎日を護って貰おうと祈っている人たちも居なかった。自分たちの生存を怯やかす山もなければ、川もなかった。

帰国後半月ほどしてから、私は郷里伊豆に帰省した。馬肥ゆる秋であった。その秋も伊豆に滞在している十日ほどの間に、やがてしんしんと更けて行った。こまかい粒子が流れてゆくような秋の深まり方であった。伊豆の山も、野も、秋の山であり、秋の野であった。秋色とか秋気とかいった言葉を、この時ほど実感として受取ったことはなかった。日中は天城街道を秋風が渡り、夕方になると北方の空に渡り鳥の群れが見られ、夜になると澄みきった夜空に、この季節独特の冷たい光を持った星が鏤《ちりば》められた。

伊豆から帰ると、すぐ軽井沢の小さい山荘の仕事部屋に赴いた。庭には萩の花が咲き乱れ、落葉樹は一本残らず燃えるように紅葉して、いつその方へ眼を遣っても、ばらばらと葉の落ちているのが眼にはいった。まさに〝楓葉荻花秋瑟瑟〟であった。浅間山も、夏とは違って水で洗われたように山肌を見せていた。夜になると野分が吹き抜けて行った。軽井沢のから松の林を、毎日のように倦かず歩いた。伊豆でも、軽井沢でも、日本の秋を本当に美しいと思った。眼にはいる風物がみな濡れ光って見えた。荒い異国の旅のあとのためか、日本の秋という季節の現像液の中にすっぽりと身も心もはいっているような思いであった。

十二、三年前のことになるが、七月から十月まで、ヨーロッパの旅をし、帰途アメリカを廻って十一月末に帰国したことがあった。ローマで夏を過し、パリでは秋を迎え、秋を送った。日本に帰ると、旅装を解くか、解かないに、十二月にはいった。この時も、京都、奈良へ出掛けた。古い寺院や仏像を改めて見てみたい思いで出掛けたのであるが、そうしたものより、京都・奈良の初冬から冬へ移って行く季節の蕭条とした美しさに打たれた。郊外へ行くと冬野が拡がり、初時雨が通り、裸の冬木立が、ここに日本があると言っているかのように美しく見えた。大和川も、木津川も冬の貌をしており、叡山も生駒山も、吉野の山々も、いずれも気難しく押し黙って冬の貌をしていた。暦の上では師走であった。やがて、霰が降り、霙が落ち、凩《こがらし》が鳴ることだろうと思われた。そして、そうした中を、人の生活は次第に歳暮の慌しさの中に駆り立てられて行く。やがて初雪・初氷・寒ノ内と、次第に寒気はきびしくなり、眼に映る自然はなべて冬ざれたものに変って行くのだろう。こうした感慨を持った関西の旅であった。

外国の旅を終えて、日本の春の中に帰って来たことはない。日本へ帰って来たら早春だったというような、そんな外国旅行をしてみたいと思いながら未だに果さないでいる。おそらく日本の自然の美しさに最も強く打たれる日本への帰り方ではないかと思う。早春から春へかけての短い期間が、自然が最も微妙な、日本独特な変り方で移り変って行く季節であるからである。暦の上で立春を迎え、何となく春はそこまで来ている感じであるが、実際はなかなかそう簡単には春はやって来ない。寒さはためらいながら留まっている〝余寒〟である。この余寒はいつとはなし〝春寒〟に変って行く。他の季節の寒さではない。春の寒さなのだ。春雨・春雪・淡雪・春の霙、そうしたものに見舞われながら、桃李の季節はやって来る。梅が咲き、梅が散る。そしてやがて舞台は本格的な春のそれへと廻って行く。暁は春暁、昼は春昼、宵は一刻千金の春の宵である。春野には陽炎が立ち、春霞が山野のたたずまいを一変させる。

桜が咲くと、それを散らすために春の嵐がやって来る。桜が散ると、春はまさに酣《たけなわ》、そしてそのあとは日一日春は老いて、なべて物憂い晩春へと移行する。そして、その向うには、早くも自分の出番を待って、青葉の季節が顔を出し始めている。

日本の風景が、世界のどこの国より美しいに違いないと思うようになったのは、五十代にはいってからである。それまでは自分が生れ、自分が生い育った日本という国の四季それぞれの眺めにさして関心は持っていず、桜の時季は桜の時季で、紅葉の季節は紅葉の季節で、その時々でなるほど美しいと思うことはあったが、ただそれだけのことで、それを格別なものとして楽しむことはなかったようである。

それが五十代にはいってから急に日本の風景を特別なものとして受取るようになり、還暦を過ぎる頃から、花があろうとなかろうと、自分を取り巻いている外界の眺めを、その季節以外にはないものとして珍重するようになった。こう言うと、いかにも悟ったような言い方に聞えるかも知れないが、別段悟ったわけではない。年齢の作用ということもあろうが、それより小説を書く仕事から離れている時間を多少でも持てるようになり、自然に外界の景色というものに眼を向けることが多くなったためである。画家やカメラマンが、それから歌人や俳人が日本の風景に対して持っている眼を、遅ればせながら、私もまた持ち始めたということになろうか。

日本の風景は美しいと思う。世界中の国がそれぞれにその国独特の美しい風景を持っているが、日本の風景は、日本の風土と結びついたもので、世界のどの国もが持たない、しかも、なかなか上等な美しさを持っているものだと思う。言うまでもなく、それは春夏秋冬の狂いない回帰と結び付いたものである。四季はそれぞれの出番と持時間を持って、毎年毎年凡帳面にやって来る。そして前述したように、非常にデリケートなこまかい目盛りを刻みながら、春から夏、夏から秋、秋から冬、冬から春へと移行して行く。そしてその季節季節の移り変りに従って、自然界のあらゆるものが、山も、野も、川も、空も、木も、草も、雨も、風も、大気までが、その時々で表情とたたずまいを異ったものにして行く。

スペインに行った時、人工的、工芸的なスペイン庭園を美しいと思い、その後庭園というものは、このように整理され、造り上げられたものでなければならぬと思っていた一時期がある。日本の庭園がなべて未整理の雑然としたものに見えた。しかし、今の私は違った考え方をしている。スペイン庭園には四季それぞれの眺めというものはなく、それは一つの置きものでしかない美しさであるが、日本の庭園は四季それぞれの生命を持って動いている。千変万化する自然そのものの縮小に他ならない。桂離宮の庭園一つとっても、四季それぞれの異った生命を持っている。庭に置かれている樹木や石だけが、庭の生命を支えているのではない。雨も、雪も、風も、朝陽も、夕明りも、みな庭の美しさを造り出す作業に参画している。自然の一部を切りとって、それをそれなりに整理したものが、日本庭園というものになろうか。今日日本庭園の様式がヨーロッパやアメリカで注目され、真似られているが、ジャパニーズ・ガーデンなるものはジャパニーズ・ガーデンであって、所詮日本の庭園ではあり得ない。日本の風土から切り離して、日本庭園は成り立ち得ないからである。

ある外国人に日本の春の景色を幾つか選んで貰いたいと言われたことがある。私は即座に思いつくままを口に出した。春寒の頃の伊豆の山々、淡雪の降っている琵琶湖湖畔、早春、桃李の頃の甲斐・信濃、春昼の京都の街、春の日の奈良、吉野の桜。

しかし、これはその時頭に浮かんだものを拾って行っただけのことで、もう一度改めて拾うことになったら、全く違ったものが並ぶだろうと思われる。もし、百人の画家、百人のカメラマンに選んで貰ったら、それぞれみんな異ったものを挙げるだろう。

夏でも同じことである。私は新緑で厚く覆われた五月山《さつき》が好きである。どこの山でもいい。むんむんしたエネルギーを内部に匿し持ち、五月の長雨に重く濡れた山が好きである。日本だけの山である。同様に芭蕉が咏った五月雨を集めて流れるこの季節の川も好きだ。芭蕉が採り上げた最上川に限らない。千曲川でも、天龍川でもいい。それから夏草に覆われた原野もいい。

秋では日に何回か野分が吹き渡って行く頃の中国山脈、秋立つ頃の北陸の町々、晩秋の能登半島、瀬戸内海、鹿児島附近。

冬は吹雪に烟っている下北半島のアスナロウの原始林、初雪を戴いた富士、初めて早春の陽の散り始めた東北の山村、真冬の法隆寺附近、古枯れた山陰の山野。

しかし、こうして選んで行くと、幾つ挙げても、本当に大切なものは落ちて行ってしまうのではないかと思われる。四季それぞれに、はっと心を打たれるような風景は、おそらく偶然な出会いによってしかお目にかかれないものであろう。こうした点が日本の風景の独特なところであるに違いない。夏か、秋か、はっきりした記憶はないが、灯ともし頃の飛鳥の集落を歩いていて、本当に美しいなと思ったことがある。また梅の季節に伊豆の山村を歩いていて、これこそ日本の風景だと思ったほど、農家と、その背戸に白い花をつけている一、二本の梅との調和に眼を奪われたことがある。

最近は出掛けないが、四、五年前まではよく海を見に行った。日本という国が北から南へ竝んでいる幾つかの島でできているお蔭で、たくさんの異った海を見ることができる。日本海、太平洋、瀬戸内海、津軽海峡、北海道の海、九州の海、それぞれに異った潮の拡がり方である。同じ太平洋でも宮古附近で見る海、下田で見る海、熊野で見る海、それぞれ異っている。同様に同じ日本海でも、列島の北と南ではまるで異った海である。佐渡の海、玄界灘、北海道の流氷の浮かんでいる海、これだけいろいろな海に恵まれている国はないだろう。そしてどの海も、四季それぞれの潮の色と潮の騒ぎ方を見せているのである。

(昭和四十八年五月・『日本の四季』毎日新聞社)

川の畔

私は幼少年期を伊豆の山村で過ごしているので、川というものは狩野川の上流しか知らなかった。流れの中に大小の石が転がっている渓川で、夏になると、毎日のようにそこで泳いだ。中学校時代は沼津だったので、同じその狩野川の下流で若い日を過ごしたことになる。学校への往き帰りに御成橋という橋で狩野川を渡った。学校で遊び惚けて、暮れ方になって御成橋を渡ると、辺りはもう暗くなっているのに、川の面だけが僅かに暮れ残って明るかった。川明かりというものが、妙に淋しいものであることを知ったのは、こうした少年の頃である。高等学校時代は金沢で過ごしたので、ここでは犀川と馴染みになった。金沢で過ごした三年のうちの後半は毎日学校と下宿の往き帰りに、犀川を桜橋で渡った。犀川では川明かりといったものは感じなかった。その替わり、〝淙々〟という水の流れ方の形容がぴったりする川の美しさを知った。この形容は、犀川の場合、春でも、秋でも当てはまった。

殊にその淙々たる流れの音が際立って美しく感じられるのは春先であった。桜橋に立って上流の方に眼を遣ると、まだ遠くに白い装いのままの山脈が見え、いかにもその雪解けの水が流れ、流れて、漸くにしてここに辿り着いて来たかのように見えた。

大学時代は一時期九州の福岡で過ごしたが、その折、何回か久留米に筑後川を見に行った。水量ゆたかな川で、川幅が広く、ゆったりして見えた。汪洋という形容が使える川に初めてぶつかった思いであった。

その後九州から京都の大学に移り、以後何年かを京都で過ごしたが、加茂川には格別の関心は持たなかった。新聞記者時代はずっと大阪で過ごしたが、この場合も、淀川にはさして特別のものは感じなかった。

後年、穂高に登って、梓川という川に初めてお目にかかった時、美しい川だなと思った。徳沢小屋から横尾の出会いまで、梓川の流れに沿って歩くが、流れの音に身も、心も清められるような思いを持った。

先年ヒマラヤ山地にはいって、小さいキャラバンを組んで四〇〇〇メートルの地点まで行った。その折、エベレストの雪溪から流れ出すドウトコシの流れを三日がかりで溯ったが、溪谷が深いので、流れは烈しく、鋭かった。が、ところどころに梓川に似た川筋になっているところもあり、それに沿って歩いたが、どこからともなく陣鼓でも打ち出すような流れの音が聞こえていて、やはり梓川の持つ澄んだきらめきは感じられなかった。梓川の美しさと、それに沿って歩く楽しさは独特のものかも知れない。

それはともかくとして、梓川との出会い以後、旅行の時など、多少その土地土地の川に注意するようになった。木曾川や天竜川を川筋に沿って降ってみたり、信濃川の樹枝状に拡がっている支流の幾つかを、多少計画的に溯ってみたりした。そんなわけで、自然に自分が書くものの中に川が入るようになった。北海道の川も、九州の川も、その時々の川の表情を書いた。

しかし、若い時、心を打たれたような川の美しさには出会っていない。沼津の狩野川、金沢の犀川、久留米の筑後川に感じたほどの心を底から動かして来るような感動は得ていない。

少年時代、心に刻まれたためか、暮れ残って、僅かな明るさを水の面に漂わせている暮れ時の川は、今でも好きである。しかし、こうした川はそうたくさんはない。

川の面に明るさを漂わせておくだけの条件が必要になってくる。ある程度川幅も広く、水量もゆたかで、しかも流れはゆったりしていなければならない。隅田川などは大正の頃までは川明かりの美しい川であったろうと思われるが、今は肝心の暮れ方の光線を保っておく水の面が壊れてしまっている。新潟の町を流れている信濃川なども、曾ては川明かりの美しい川であったが、現在はどうであろうか。最近の信濃川は知らない。

外国の大河では、レニングラードのネバ川、イルクーツクのアンガラ川、ニューオリンズのミシシッピー川など、川明かりの美しい川である。私の経験では異国の川の暮れ方の表情というものは、まず例外なく旅情を感じさせてくれるもののようである。川ではないが、ヴェネツィアのサン・マルコ教会附近の水域など、夕方になると、やはり水面にだけ明るさが残って、短い時間ではあるが、水の中に沈みそうな町全体をしっとりした落ち着いたものに見せてくれる。

しかし、私が川明かりを最も美しいものに、そしてまた多少異なったものに感じたのは、中国の広州の町を流れている珠江に於てである。珠江の川岸に愛群大廈《あいぐんたいか》というホテルがあり、そこの何階かの不整形の角部屋に泊まったことがあるが、部屋の窓から眼下に珠江を見降ろすことができた。

この愛群大廈の部屋の窓から見降ろす暮れ方の珠江は壮観であった。川明かりの中にたくさんの水上生活者の船が群がっており、その岸より動かない船からはそれぞれ生活の煙が上がっていた。中には早くも燈火を点じている船もある。それからたくさんの大帆船、小帆船、野菜船、材木船などが、夕明かりの中を移動している。珠江の流れと人間との接触の仕方は、たいへん賑やかで、大きかった。太古から珠江と人間はこのように協調して生きているのだ、そんな感動を持たざるを得なかった。ニューオリンズで見るミシシッピー川の河口の景観も大きく、両岸に世界中の国々の波止場ができており、あらゆる国の汽船が埋めているが、暮れ方の珠江が持つ豪宕殷盛《ごうとういんせい》な趣はない。整理され、整頓され、川と人間は、ほどほどに自分の分を守って協調している感じである。

同じ中国の大河で、暮れ方の表情を美しいと思ったのは、浦口附近で見た揚子江である。浦口はいかにも長江の渡船場の町といった感じの、倉庫の多い暗い小さい町であるが、暮れ方その町を自動車で通って、家竝みの間から見える大きい水の面と、そこに漂う白っぽい光線を美しいと思った。そして一生揚子江と付合って生きるこの町の人々には、夕方など、他の人の知らぬ淋しさがあるのではないかと、そんな思いに捉われた。

バイカル湖から流れ出すアンガラ川を、暮れ方に近い頃、その流水口からイルクーツクまで、小さい汽船で降ったことがある。両岸を鬱蒼たる灌木地帯に縁どられた長い流れの帯は、どこまで行っても単調な同じ風景であったが、イルクーツクの町に近くなり、両岸に建物が見えてくる辺りから、いよいよ人間が多勢集まり住んでいる地帯に近付いて来たといった独特の思いがあった。シベリアの町の夕暮れは淋しく、その町へ入って行くシベリアの川の夕暮れも淋しかった。

ハバロフスクで、アムール川（黒竜江）とウスリー川の合流点附近に、小さい船で浮かんだことがある。川といった感じは全くなく、どちらが上流か、下流か、どちらがアムールか、ウスリーか見当のつかぬ広い水域で、空の一画を焼いている残照が、川波をも赤く染めていた。この場合も、ハバロフスクの町を載せている丘陵を遠くに望んでいると、あそこには人間が多勢集まり住んでいるといったシベリア独特のしんとした思いがあった。

自然の川ではないが、蘇州や揚州で見る往古の運河のかけらも、その岸に立つと、しんとした思いに打たれる。殊に暮れ方などは、運河独特の川明かりが、いつまでも立ち去らないで、長く川の面に漂っている。それでいて、どこか暗い。先年の揚州の旅で、私は「運河」という詩を綴っている。

黄河と揚子江を繋いだ往古の運河の欠片《かけら》が、揚州郊外のあちこちに残っている。その岸に立った者は誰も運河とは思わない。自然の川なのだ。それでいて一様に人工の川だけの持つ独特な暗さがある。それは、考古学者だけが自然の丘と見分けることができる陵墓の丘が暗いのと同じである。長い歳月の果てに、人工的なものが自然の一部になり了せようとする時、どこからともなく放出されるエネルギーの暗さなのだ。

（昭和四十九年六月二十三日・「毎日新聞」連載「わが一期一会」）

梓川沿いの樹林

私は一年のうちで三月と五月が好きだ。五月は私の生れ月なので、多少特別な受け取り方をしているが、三月の方は、この月の持っているすべてのものに惚れ込んでいる恰好だ。三月は寒くなったり、暖かくなったり、晴れたり、曇ったりして、甚だ当てにならない早春の一時期であるが、そうした不安定な気象条件のうちにも、梅は小さい花を着け、杏も、李も、桃も、ほぼその出番を狂わせることなしに、花を咲かせ、花を散らすのである。こういうところは三月という月の不正確なようでいて、どうしてなかなか正確なところでもある。

私の家の庭には白梅と紅梅が一本ずつあるが、白梅の方は三月十二日の奈良の東大寺二月堂のお水とりの頃満開で、紅梅の方は六分咲きである。去年も、一昨年もそうだった。めったに狂うことはない。お水とりの前後、日本列島は一度寒波に見舞われるが、これも、まあ、大きく狂うことはない。春はついそこまで来ているのであるが、いくつかの踏むべき手順はあって、そう簡単に春の登場は許されない。

私はこの何年か、毎年のように三月に小さい旅行を試みている。どこへ行っても、梅が咲き、杏や李が咲いている。今年は飛鳥で一番高いところにあるという集落を二つ訪ねた。小さい渓谷にも、崖っぷちにも、白壁の農家の背戸にも、申し合わせたように白い花を着けた小さい梅の木が置かれてあった。気温は落ちていたが、必死に寒さに耐えて、春の先触れの役を勤めている小さい白い花は美しかった。日本の農村の、山村の早春の風景であった。

同じ旅で、京都御所と、仙洞御所と、修学院離宮と、三つの宮廷の庭を拝観した。どの庭にも、そう目立たない恰好で、白や紅の花を着けた梅樹が仕舞われてあった。京都御所と仙洞御所の庭は昨年十二月に拝観したばかりで、それから何ほども経っていないが、庭から受ける印象はかなり大きく異なっていた。何本かの梅樹が白や紅の花を着けているか、いないかだけの差であったが、十二月の庭は寡黙で、不機嫌で、淋しく見え、三月の庭は、庭全体が息を詰めて呼吸でもしているように、多少切なく、しかし澄んだ明るい美しさで見えた。

郷里の伊豆を訪ねるのも三月が多い。今年も三月の初めにくるまで行ったが、狩野川沿いの幾つかの集落を、多少廻り道になるのは承知の上で、次々に縫って走った。農家の背戸や、丘の雑木の茂みの中に、白い花を着けた梅の木を発見すると、その度に、まだ伊豆には早春の美しさがあると思った。

桜は桜でまたいいが、あっという間に咲き、あっという間に散ってしまうので、何と言っても慌ただしい。満開の桜花を配した風景は日本独特の春の装いには違いないが、梅の花のひらくのを待つように、桜の花の開くのを待つ気にはならない。サンフランシスコで満開の桜を見たことがあるが、この方は咲いている時期が長く、それはそれで美しくはあったが、これは桜ではないと言いたい気がした。やはり、慌ただしく結末をつけてしまうのが日本の桜というものであり、日本に於ては、春も慌ただしく、桜も慌ただしいのである。

私は三月が好きだと書いたが、三月が好きなのは早春から春への季節の移り方が、繊細で、こまやかで、気難しいからである。しかし、早春に限らず、夏も、秋も、冬も、日本列島の季節の移り変わり方は、同じように繊細で、こまやかで、気難しく、日本の風土だけが刻んでいるたくさんの階段を上って、夏から秋、秋から冬へと移行して行くのである。こうしたことは、俳句歳時記をひもとけば、すぐ判る。

同じ夏の暑さにしても、小暑、大暑、三伏、土用といろいろあり、青嵐、五月雨、夕立、梅雨雷、卯月曇、五月闇と、天象は千変万化である。秋にしても簡単には深まってゆかない。立秋、宵闇、野分、初嵐、秋時雨、台風、この間に萩が咲き、雁が渡り、その果てに富士に初雪が降るのである。冬になると、もっとたいへんだ。こがらし、時雨、初霜、空っ風、霙、霰、霜、初雪、季節が踏まなければならぬ段階はこまかく幾つにも分かれている。

日本の山野の風景は、こうした列島独特の風土が造り出すものである。日本の風景の美しさは、四季によって、その時々の異なった表情を持つことにあるであろうと思う。壮大な風景も、雄大な風景もあまりない。その替わり、季節季節の推移を反映した日本独特の繊細な風景が生み出される。

私は全身を五月の緑で覆われ、むんむんしたエネルギーを感じさせられる五月山が好きである。山の形がいいのでもなければ、それを埋めている樹木が美しいのでもない。五月という青葉の季節の山で、この季節だけの独特のものを持っている山であるからである。

野分の吹き抜けて行く山野の風景も好きである。日本の秋のすさまじさと淋しさが、村を、野を、山を二つに割り、白い風道を造って行くからである。

夏の夕暮れの富士も好きである。私は伊豆の山村で、毎日のように富士を見て育ったが、幼い時から、一日が終わろうとする暮れ方の富士が好きだった。日本列島全体にいま夕暮れが来ようとしている、そんな思いを懐かされるからである。

これと同じような言い方をすれば、春の明け方の海も好きである。日本海でも、太平洋でもいい。海はまだ眠りから覚めきらず、波打際も、浜も、松林も一脈の劫初の生臭さを持っている。外国旅行の折、時に早く眼覚めて、明け方の浜を歩くことがあるが、日本の明け方の海の持つようなものは感じられない。やはり、日本列島の、春の、明け方の海であるからであろうか。

これこそ他のどこでもなく、日本の風景の中を歩いているという思いを持つのは、穂高に登る時、梓川に沿った樹林地帯を歩いている時である。

私は昭和三十一年九月に、初めて穂高に登った。それまで山という名のつくところに登ったこともないし、登ろうと思ったこともなかった。山というものとは無縁であり、無関係であった。ところが山に登っている友達から涸沢小屋で穂高の月を見ないかと誘われ、ふとその気になって、五十歳にして初めて山に登ったのである。

この穂高観月登山は、私にとっては生涯に於いての一つの事件であった。これがきっかけになって、それから今日までに何回か穂高に登っている。北穂にも、前穂にも、西穂にも登った。山が好きになったかと訊かれると、いつも否定はしないが、有体に言うと、山よりも、山に登ることよりも、梓川に沿った樹林地帯を歩くことが楽しいのである。私は穂高観月登山によって初めて、このように美しい川が、このように美しい樹林地帯がこの世にあったのかといった思いを持ったのである。

私は若くもないし、登山家でもないので、穂高以外の山には登らない。穂高だけである。山に挑む気持などさらさらないし、心身を鍛錬するといった気持の持合せもない。一番危険の少ない五月か、九月を選んで、なるべく多勢の仲間といっしょに穂高に登る。梓川や、その周辺の樹林地帯が美しいのは五月であるから、なるべく五月に登るようにする。

梓川は上高地附近でも、その澄んだ色が美しく見えるが、しかし、梓川の本当の美しさが現れ出すのは、それから上流である。上高地から横尾の出合まで、梓川に沿って歩いて行く。川すじから離れて、樹林地帯にはいったり、また川すじに沿ったりする。時には梓川の流れが視野から消えることもあるが、そんな時でも、その川瀬の音はどこからともなく聞こえている。

樹林地帯は、唐ヒノキ、シラベ、ブナ、マカンバ、カツラといった木々で造られている。そうした中を、梓川の流れの音を聞きながら湿った落葉を踏んで行くのは何とも言えず楽しい。五月初めの梓川は特に美しい。流れに沿った道を歩いて行くと、対岸には緑の固まりが置かれている。ケショウヤナギの緑はもくもくと盛り上がっている感じで、ハンの木の緑の方は、それに較べると、少し浅い。

上高地から横尾の出合まで、どこを歩いても楽しいが、新村橋附近から梓川の左岸に沿って行く時などは特にいい。眼を前方に向けると、前穂の頂の一部が見え、川を隔てた対岸の山すそ一帯は濃い緑の茂りで埋まり、山のひだひだには雪渓が白い裾をひいている。やがて前穂のほかに北尾根の末端が見えてくる。磧を歩いたり、樹林地帯を歩いたりする。対岸に屏風岩の大岩壁が姿を現し始める頃から、いつか梓川は岩を嚙んで走り流れる渓流に変わっている。

私は三年前に、ヒマラヤ山地に足を踏み入れ、二十六人の小さいキャラバンを組んで、ドウトコシの流れに沿って四〇〇〇メートルのところにあるタンポッチェの僧院まで登って行った。もちろん登山というようなものではなく、単なる山歩きに過ぎないが、しかし、エベレストの麓を歩いたことだけは確かである。ドウトコシの流れも大きく、山も深く、眺望はさすがに雄大であったが、その時私は同行者たちと、帰国したら穂高に登ろうと、そんなことを話し合った。梓川の流れや、それを取り巻いている樹林地帯の持つ心に沁み入るような美しさが、異国の山旅に疲れた私たちを呼んでいたのである。

（昭和五十年四月八日・「毎日新聞」連載「私たちの風景」）

雪月花

雪と月と花は、日本人の自然観照の根底に坐っているものであり、古来、日本人はまず例外なく雪を美しいと見、月を美しいと見、花を美しいと見ており、文学にも、絵画にも、月、雪、花を取り扱った名作が多い。

雪を美しいと見ず、怖ろしいものに見ている人間は、この地球上にはたくさんいる。先年ヒマラヤ山地の四〇〇〇メートルの地点まで行ったことがある。小型機をチャーターして、二四〇〇メートルの地点に降り、そこから三十名ほどのキャラバンを組んで、エベレストの氷河から流れ出すドウトコシの本流に沿って登って行った。その途中にナムチェバザール、ホールシェといった有名なシェルパの村々があった。村人の何人かに対して、雪についていかなる思いを持つかと質問したが、美しいという答は一人からも得られなかった。彼等にとって雪は、全力を投じて闘わなければならぬ相手なのである。

ローマ・オリンピックの時、日本女子水泳選手の応援に出掛けて、野外水泳場のスタンドから、完全に晴れ渡った夜空に浮かんでいる満月を見たことがあった。満月の光のためかスタンドは心なし明るかったが、プールは全く月光とは無関係であった。暗い夜の闇に包まれたひどく明るい長方形の水面を、少女たちは水しぶきをあげて滑り、それをまるい月が上から見守っている恰好だった。その時、満月について関心を持っているのは日本人ばかりであった。私は同行のイタリー人に、月は美しく見えるかと質問したら、美しいとは思わない、性的なものを感ずるだけだと言った。その夜、ヨーロッパ人の二人に、同様な質問をしたが、同じような答しか得られなかった。日本人は月によって精神の沈静をもたらせられるが、ヨーロッパ人はむしろその反対のものを受け取っているのである。

その時の旅に於て、各地の美術館で月を取り扱った作品を多少注意して探したが、ついにお目にかかれなかった。ルーブルでも、ウフィツィイでも、月を描いた作品は見当らなかった。もちろん月を取り扱った作品が絶無とは思われないが、私の眼に触れないくらいだから、非常に少いのではないかと思われた。

その旅の終りにアメリカに廻ったが、ニューヨークのナショナル・ギャラリーで、初めて月を取り扱ったゴッホの名作「星月夜」の前に立つことができた。しかし、この場合、晩年のゴッホの病める精神が、果して月を美しいと思って、この作品を描いたか、どうか、その点になると疑問であった。

雪月花の中の花だけは、東洋、西洋の別はない。いかなる民族も花を美しいと見、花を愛好することでは共通している。ただいかなる種類の花を愛好するかということになると、それぞれの民族の性格と、風土が大きくものを言ってくる。日本人の場合は、古来、花はやがて散るものだという認識が基調をなしていて、その上で花を美しいと見ているようなところがある。春の花では、やがて散るのを目前に控えていて、短い生命を咲き盛っている桜、寒気の中に凛とした美しさで蕾をひらく梅、それから凡そ華やかさとは無縁な秋草。

雪を愛し、月を愛し、花を愛するのは、もちろん日本人許りではない。中国も日本に劣らないし、韓国も日本に劣らないであろう。それぞれ雪を取り扱った絵画の逸品も持ち、月を取り扱った名だたる名作も持っている。花また然りである。

ただこの場合、日本と中国、韓国に於て、多少の差異がないわけではない。日本の場合は、同じように雪、月、花を美しいと見るにしても、そこに日本人独特の死生観、人生観が働いている。雪、月、花は、それぞれ〝もののあわれ〟の担い手でもあれば、〝枯れかじけて寒い〟式の枯淡な美の担い手でもある。

私は「わが母の記」という母の老いを取り扱った作品を書いているが、全体を三篇に分け、それぞれに〝花の下〟、〝月の光〟、〝雪の面〟といった題をつけている。日本人の老と死を追求する場合、日本人の自然観照の根底に、ひいては死生観の根源に居坐っている雪、月、花を引合いに出すことによって、より効果的であるに違いないと考えたからである。

月と雪とを取り扱った名品となると、すぐ頭に浮かんで来るのは、中国に於ける「瀟湘八景図」であり、その刺戟を受けて、一時期盛んに試みられたわが国に於ける「瀟湘八景図」、ならびにその影響下に生れた各地の八景図、あるいは「四季山水図」の類である。まず必ずと言っていいくらい、雪も取り扱われているし、月も取り扱われている。

が、それにこだわらず、思いつくままに、雪、月の名品で、記憶に遺っているものを挙げてみよう。

雪では、横山大観「江天暮雪」（瀟湘八景のうち）、雪舟「四季山水図」、「山四趣」、狩野芳崖「雪景山水図」、蕪村「夜色楼台図」、「四季山水図」等々。

また月では、鉄斎「阿倍仲麻呂明州望月図」、菱田春草「砧」、「四季山水」、「月四題」、大観「洞庭秋月」（瀟湘八景のうち）、「五浦の月」、「海に因む十題」等々。

花となると、どれを挙げるというわけにはゆかぬ。障壁画、だけから選んでも、たいへんな数になる。最近見たもので、美しいと思ったのは、鉄斎の「梅華書屋図」。


（昭和五十三年四月・「季刊水墨画」）

筑後川

私は幼少時代を郷里伊豆の天城山麓の小さい村で育った。今は温泉観光地として知られている町であるが、当時は全くの山村で、子供は毎日を自然の中に入って過す他なかった。一番楽しかったのは、夏になると、毎日のように狩野川の支流で泳いだことである。小さい谷川ではあったが、インキ壺のような淵があり、それに日に何回となく跳び込んで遊んだ。川というものとの付合は、この郷里の谷川が最初である。

中学時代は沼津で過した。町の中は狩野川が流れており、町を外れるとその流は海に入った。郷里の狩野川とは異って、ここまで流れ降って来ると、たっぷりと水を湛えたおっとりした品のいい河になっていた。町中にお成橋という橋があり、中学校からの帰りに、必ず橋の上から流れの上に視線を落したものである。春先きの頃この河の畔りを歩くと何とも言えずのどかであった。川というものが私の生活に入って来るようになったのは、この頃からである。

高等学校時代は北陸の金沢で過した。三年間毎日のように犀川を橋で渡って学校に通った。おそらく犀川が日本で一番美しい川であろうと思ったのは、この頃である。実際に美しかった。四季のいかんを問わず、淙々と音を立てて流れていた。河原も美しかったし、流れも、瀬も美しかった。冬になって雪片がこやみなく川の面に落ちるのを、いつまでも見入っていたことがある。人生というものを考えるようになったのは、この頃からではなかったかと思う。

高校を出ると、九州大学の法文学部に入った。結局中退して、福岡の生活はほんの僅かでしかなかったが、その短かい福岡の生活で、今もはっきりと覚えているのは、久留米に何回か筑後川を見に行ったことである。一人で、全く筑後川という川を見るために久留米まで出掛けて行ったのである。そして所々に水門を持った筑後川のゆたかな流れに眼を見張り、汪洋という形容がぴったりと当てはまる川だと思った。そう思ったことを、今でも忘れないで覚えている。

社会に出てからは、若い間を京都と大阪で過した。何年か京都の鴨川と大阪の淀川に付合ったわけであるが、さして特別な思い出はない。どちらも、それぞれに個性のある川ではあるが、川に感心しているような余裕のある生活ではなかったし、そうした時代でもなかった。

小説を書くようになって、各地に旅行することが多くなり、いろいろな川にお目にかかっているが、やはりこちらの気持を大きく鷲摑みにされたのは、新潟で雪片が次から次から落ちている信濃川を永代橋の上から見た時である。大河という印象より、その川筋の長さが眼に浮かんで来て、流れ流れて、よくここまで来たといったそんな感慨であった。

それから今日までに沢山の川にお目にかかっているが、好きな川を一つということになると、穂高山地を流れている梓川ということになろうか。梓川には小説『氷壁』で度々登場して貰っており、それ以来の長い付合である。四季それぞれによって表情やたたずまいを変える川である。優しい時もあれば、人を寄せつけないきびしさを持っている時もある。

この二、三年穂高に行っていないので、昨年十一月に初雪時の穂高に行った。もう山に登るのは無理な時期ではあったが、久しぶりで雪の穂高にお目にかかりたかったのである。が、ほぼそれと同じくらい、雪片の舞っている横尾附近の梓川を見たいためでもあった。

このところ外国旅行が多く、外国の川を見る機会が多くなっている。一昨々年はインダス河の源流をカラコルム山中で見ている。一昨年はモンゴルで一番北の黄河を船橋で渡った。昨年はライン河に沿って何日かの旅をした。さて、今年はいかなる川の畔りに立てるであろうか。日本の川でもいい、外国の川でもいい。川明りの美しい川の畔りで、何日かを過したいものである。

(昭和五十七年一月六日・「西日本新聞」「川と私」)

Ⅳ 作品の周辺

美那子の生き方

「氷壁」は二人の若い登山家の山の遭難事件を描いた小説である。そして二人の青年の行動を、その奥底において支配するものとして、作者は美那子という女性を登場させている。

その意味では、女主人公美那子は、二人の青年の運命と言ってもいいような存在である。そのために、作者は美那子を思いきって美化し、現実ばなれした女性として描いている。当然、美那子の生き方には、いろいろと批判ができるだろう。しかし、運命というものを批判できないように、美那子も亦《また》、作者は一応批判の埒外《らちがい》に置いている。

そのような作品として、「氷壁」を読んで戴《いただ》きたい。

（昭和四十二年二月六日・「ヤングレディ」）

「星と祭」を終えて

『星と祭』は初めの予定よりはるかに長いものになって、朝日新聞連載十一カ月に及んだ。大勢の読者を対象にする新聞小説の場合、主題の選び方にも、それの展開の仕方にも、文章にも、多少考慮すべきところがあって然るべきであり、私自身、これまで新聞小説には多少意識した対《む》かい方をしてきたのであるが、こんどの『星と祭』の場合は、全く自分勝手な書き方をさせて貰った。主題が主題だけに、少しぐらいサービスしてもはじまらないと思ったからである。毎日毎日ペンをとっていたが、新聞小説を書いているという気持はなかった。

この小説は架山、大三浦という二人の六十前後の人物が主要人物であり、架山は十七歳の娘を、大三浦は二十一歳の息子を、琵琶湖において、同じボートで失っている。娘と息子は友達になったばかりで、それほど親しい間柄ではなかったが、たまたま二人で琵琶湖に遊びにきて、突風の犠牲になったのである。架山は娘を、大三浦は息子を諦めきれない。架山は相手の青年を、娘にとって厭な運命だったと思うが、大三浦もまた同じことである。自分の息子は、あんな娘に出会わなかったら、こんなことにはならなかったと思う。二人の悲しみや苦しみは、そういったところから始まる。そしてそれぞれ愛する者の死を何年経っても諦めきれないでいるのである。

架山は娘の死を、娘の持った運命として考えようとしたり、娘の霊と対話することによって悲しみから脱け出そうとしたり、ヒマラヤの月を見に出掛け、琵琶湖に起った事件を、永劫の時間の中に生起する粟粒のような出来事として処理しようとしたりする。しかし、なかなか娘の死に対する悲しみは消えないのである。

大三浦の方はただひたすらに悲しむ。泣いたり、嘆いたり、愚痴をこぼしたり、そんな何年かの生活を持つ。息子の死がどうしても諦められないのである。琵琶湖畔のたくさんの十一面観音像を次々に拝むが、もちろん自分が苦しさから救われるためではない。ただただ亡き息子の冥福を祈るためである。衆生の苦を救って下さる観音さまであるが、大三浦はいささかも自分が救われようなどとは思っていない。

作者の私にも、こうした架山と大三浦のいずれが、愛する者を失った人間の自然な姿であるか知らない。『星と祭』の〝星〟は、娘の死を運命と考えることによって納得しようとする架山の考え方の象徴であり〝祭〟には息子の死を祀るという形でしか処理できない大三浦の悲しみの形を暗示させている。

作者はこの作品には結論を出していないし、実際にまた作者自身判らないのである。小説の最後において、たくさんの観音像によって荘厳《しょうごん》された湖上の祀りの儀式を書き、そこで架山と大三浦を和解させたが、と言って、二人の悲しみがこれで消えたとも、それぞれが自分を納得させ得たとも、その点は作者の私にも判らない。ただ、この作品を通して読者諸氏に受けとって頂きたいことは一人の人間の死はその周囲の人にとってはたいへんなことであるということである。いかなる人の死に対しても、その周辺には生涯いやすことのできぬ悲しみを受ける人は居るのである。それからもう一つ、この作品で言いたいことは、人間は死者に対して手厚くあるべきであるということ。死を軽く取り扱わないということは、裏返しにすれば、生に対して手厚くあるということに他ならない。

今日、世界に共通のことではあるが、生の軽視は恐ろしいと思う。公害で、交通事故で、犯罪で、戦争で、なんとたくさんの人が毎日毎日死んでいることか。そうした不幸な人の周囲には、必ずそのことから受ける悲しみを一生背負って生きて行く人が居るのである。愛する者の不幸な死に対する悲しみが、いかに深く、いかに根強いものであるかを、架山と大三浦に代表して貰って、この小説への登場を乞うたのである。そして、当然なことながら、二人に死者に対して手厚く振舞って貰ったのである。

この作品を書くに当って、作者の私は二つの思いがけない経験を持った。一つはヒマラヤ山地に入ったことである。この小説を書き出さなかったら、登山家でない私はおそらく、エベレストの麓《ふもと》でヒマラヤの月を見ようなどという了見は起きなかっただろうと思う。それからもう一つは、湖畔のたくさんの十一面観音を拝ませて貰ったことである。お蔭で、私は大三浦以上に、十一の仏面を頭に頂いた颯爽《さつそう》たる観音さまの風姿にすっかり血道をあげてしまった恰好である。この機会に、めったに開帳することのない十一面観音像を特に拝ませて下さった湖畔の幾つかの集落の、信心深い人たちに心からお礼を申しあげる次第である。それからまた、終始、投書の形で激励して下さった読者諸氏に、結局一通の返事も差上げなかったことを、ここで深くお詫びしておきます。

（昭和四十七年四月十四日・「朝日新聞」夕刊）

あした来る人

『あした来る人』は昭和二十九年三月から十一月まで、約九カ月にわたって朝日新聞の朝刊に連載したものです。新聞小説としては、『その人の名は言えない』『緑の仲間』『風と雲と砦』『若き怒濤』『戦国城砦群』に続く第六作で、中央紙の朝刊連載小説としては最初のものです。

私は昭和二十五年二月に『闘牛』によって芥川賞を受け、二十六年五月に、それまで勤めていた毎日新聞社を退いて、作家として一本立ちになっています。それから二十七年、二十八年、二十九年と多作時代が続いています。読物も書き、文学作品も書き、現代に取材したものも、歴史に取材したものも書いています。作家としてある安定した地位を得るために、作家は誰でも多少多作せざるを得ない時期というものがあるようですが、私の場合は、その時期が『あした来る人』執筆の頃であったかと思います。そうした点から言えば、奇妙な言い方ですが、この作品は乱戦の中の所産であり、この作品あたりを最後として、次第に多作時代から脱け出しています。

この小説では二人のモデルを使っています。一人はカジカの研究家の曾根二郎で、その性格、風貌を高等学校時代の柔道部仲間の親しい友人S君から借りました。ソニャアンという愛称までも、そのまま使わせて貰いました。もちろん小説の中で書かれていることはすべてフィクションであって、S君にこのような事件があったというわけではありません。ただその人柄と、身につけている雰囲気を借りて、曾根二郎という人間を造型したということになります。一方彼が携《たずさわ》っているカジカの研究については、当時資源科学研究所におられた渡部正雄氏から、そのすべてについて教えて戴き、論文をお借りしたり、相談に乗って戴いたりしました。氏の貴重な研究時間を妨げたこと大なるものがあったと思います。

もう一人は老実業家の梶大助です。この人柄、風貌も、私が日頃畏敬してやまなかった実業家杉道助氏のそれをお借りしました。この場合もまた、小説に書かれていることは全く架空な、根も葉もないことですが、杉道助氏にはその点多少の御迷惑をおかけしたかと思います。

「井上さん、お蔭で、僕は方々に行って、弁解ばかりしていますよ」

氏は私の顔を見る度に笑いながら言われました。しかし、いつも最後に、

「小説がよくなるなら、まあ、私をどういう使い方をして下さっても結構です。ただし、殺人だけはさせないで下さいよ」

ということを付加えることを忘れませんでした。曾根二郎のモデルのS君の方は、

「なるべくいい役を頼むよ。もっとめざましく美人に惚れられるというわけにはゆかんかね」

こういう調子でした。ソニャアンのソニャアンたるところであります。

いまは私が尊敬してやまなかった二人のすばらしい人物、曾根二郎のモデルのS君も、梶大助のモデルの杉道助氏も、共に故人になっています。この小文を綴りながら、当時のことを思って、まことに感深いものがあります。

それからこの小説には、何よりも山に登ることを生甲斐としている大貫克平が登場します。この小説を書くまで、私は山というものにも、登山家というものにも、無知であり、無縁でありました。偶然のことから登山家として知られている加藤泰安氏と知り合いになり、登山家というものに大きい魅力を感じました。小説で大貫

克平はヒマラヤ行きを計画し、実際に小説の終りで羽田から出発して行きますが、登山に関する知識のすべては、加藤泰安氏から得たものであります。

このあと昭和三十一年の秋から三十二年にかけて、正面から登山を取扱った『氷壁』を同じ朝日新聞に連載することになり、私自身、おくれ馳せながら登山のまね事をするようになりますが、こうしたことになるのも『あした来る人』でヒマラヤに登ろうと羽田を発ってゆく青年たちを描いたためであります。また昨年（昭和四十六年）の秋、ヒマラヤ山地に足を踏み入れ、四千メートルのエベレストの麓まで、小型飛行機の助けをかりて登りましたが、こうしたことももとを質《ただ》せば、『あした来る人』の克平君のお蔭であり、その時お世話になった加藤泰安氏のお蔭であります。『あした来る人』は、私の新聞小説としては一応の成功を収めたものかと思います。この作品が厖大《ぼうだい》な読者を持つ新聞の小説として及第点をとったお蔭で、それ以来、ずっと今日まで、私は新聞小説を書き続けて来るような運命を担いました。作家として、それがよかったかどうかは判りませんが、『あした来る人』という小説は、私にとっては、やはり大切な作品ということになります。

（昭和四十七年十二月・『井上靖小説全集』6　新潮社）

生沢氏の仕事

朝日新聞に『氷壁』を連載している間、私は毎日のように新聞を開くのが楽しみであった。小説の方は、自分が書いたものなので、どちらかと言えば、それを眼にすることに抵抗を感じたが、しかし、そうした気持を向うへ押しやってしまうほど、生沢朗氏の描く挿絵を見る楽しさは大きいものであった。

登場人物のすべてが、小説の束縛を脱し、それ自身生きており、その点では、私は毎日生沢氏と新聞紙上で勝負をしているような気持だった。魚津も、かおるも、常盤も、美那子も、ともすれば私の腕の中から脱け出して、生沢氏のものになり勝ちだった。作家というものは奇妙なもので、自分が生み出した人物が、挿絵を描く画家のものとなってしまっても、さして嫉妬は感じないで、自分よりもっといい親へ預けてしまったような悦びと安心を感じるものである。

それから『氷壁』の挿絵で特に生彩を放っていたのは、穂高や梓川や岩壁などの場面の生き生きとした描写であった。自身スポーツマンでもあり、登山の経験をも持つ氏の本領が遺憾なく発揮され、独自の美しさと魅力を湛えたものになっていた。

私は『氷壁』連載中、生沢氏と何回も一緒に旅行した。十二月上高地へ出かけ雪で途中から引返したこともあったし、五月の梓川縁《べ》りを二人でノートしながら歩いたこともあった。また雪に埋もれた最上川の河畔を下ったこともあった。氏のスケッチブックには、この画集の作品に何十倍かするスケッチが貯えられている筈である。

『氷壁』を書き終えたいま、私はある虚脱感に襲われているが、その気持の中には新聞を開いても生沢画伯の作品を見ることのできない淋しさが、誇張でなしにその幾割かを占めているようである。

私が、作家という立場を離れて愛した氏の挿絵の多くが、こんど一巻に収められることは、まことに嬉しいことである。


（昭和四十七年四月・『生沢朗氷壁画集』朋文堂）

氷壁

『氷壁』は朝日新聞の昭和三十一年十一月二十四日紙面より、翌年八月二十二日紙面まで連載した小説である。朝日新聞に連載小説を書くことが決まったのは三十一年の春であったが、いかなる内容の小説を書くかということは、いよいよ新聞紙上に予告がのるというぎりぎりまで決まらなかった。

『氷壁』は二人の若い登山家の山における遭難死を取扱ったものであるが、私は新聞の連載小説を引受けた時は、山を舞台にした小説を書こうなどとは夢にも思っていなかった。

『氷壁』を書き出す前々月の九月下旬に、私は初めて穂高に登った。それまで登山の経験はなかった。一度尾瀬に行ったことはあったが、もちろん登山とは言えないリクリエーション的な山旅であるに過ぎなかった。

それが、どうしたものか、親しいジャーナリストたちといっしょに穂高に月見に行ってみようという話になり、初めて山と名のつくところへ出掛けて行くことになったのである。新宿を朝の八時の準急で発って、その日は上高地に一泊、翌日は一気に涸沢《からさわ》小屋まで行ってしまう予定のところ、豪雨にはばまれて、途中の徳沢小屋で泊ることを余儀なくされた。幸いに翌日は気持よい秋晴れであった。六時間かけてのんびりと涸沢小屋に着いた。私同様、一行の中に山は初めてという連中が何人か居たので、六時間かけても難行苦行であった。そしてその晩、ヒュッテで穂高観月の宴を張った。私には高山の月は暗く、陰気に、淋しく見えた。そしてその翌日前穂に登った。

この最初の穂高行きで、私はすっかり山というものの魅力の擒《とりこ》になった。梓川《あずさがわ》の流れの美しさにも眼を見張ったし、横尾の出合附近の樹林地帯を歩くたのしさも知った。しかし、これだけの僅かな経験で登山小説が書けよう筈のものではなかった。

この穂高行きから十日ほどして、私は穂高行きの仲間の一人であった安川茂雄氏から「ナイロン・ザイル事件報告書」というパンフレットを送られた。筆者は石岡繁雄氏で、穂高で遭難した弟さんがナイロン・ザイルを使っていたので、その事故の原因はナイロン・ザイルが切れたことにあるに違いないという訴えであり、遭難者の兄としての切々の情を綴ったものであった。これを読んだ時、いきなりこれを小説の形で取扱ってみたいという衝動を覚えた。ふいに、ただ一回しか登ったことのない穂高が、私の前に立ちはだかって来た。梓川も書きたかった。トウヒ、シラビ、ブナ、マカンバ、カツラ等の樹林地帯も書きたかった。

それから「ナイロン・ザイル事件」に関係した若い登山家の石原国利氏やその友人たちに会ってみた。すると、こんどは若い登山家たちの醸し出す純一な雰囲気にあてられてしまった。

かくして、私は何の自信もなかったが、新しく書く小説の題に「氷壁」という二字を選んだ。

『氷壁』を書き出して十日ほどした十二月の初めに、せめて上高地までもと思って、東京を発って、松本からくるまを走らせた。しかし坂巻温泉のところから引返さなければならなかった。くるまの周囲を烈しく雪片が舞っていた。私は小説を書きながら、ひたすら春の来るのを待った。穂高に登りたかったのである。しかし、それは五月まで待たなければならなかった。

私は雪の消えるのを待って、二度目に穂高に登った。明神池の附近で、夥《おびただ》しい数の蛙が地中から飛び出して交尾している異様な情景を眼にしたが、それはそのまま小説の中に綴った。

『氷壁』が小説として成功したかどうかは知らない。が、このお蔭で、作者の私はそれ以後山と切り離せない関係になってしまった。度々山に登るわけではないが、登山家の手記や紀行が書棚に竝ぶようになってしまったのである。

一昨年（四十六年）の秋、ヒマラヤの山地に足を踏み入れ、キャラバンを組んで、四千メートルの地点まで行って、十月の満月を見たが、これも『氷壁』を書いたお蔭である。『氷壁』を書かなかったら、こうしたことはなかったろうと思う。エベレストの満月を見た時、穂高の観月の夜のことを思い出して、感深いものがあった。その間にいつか十五年の歳月が置かれていた。

（昭和四十八年五月・『井上靖小説全集』24　新潮社）

群舞

『群舞』は昭和三十四年四月から十一月まで、「サンデー毎日」に連載した小説であります。恋愛小説でもなければ、社会小説でもありません。雪男という、存在するかしないか判らぬ奇妙な生きものをまん中に据え、そこから引き起されるそれを取り巻く一群の人々のドラマを描いた作品で、諷刺小説と呼ばれる型の中にはいる小説であります。ドラマは当然喜劇風に展開され、大人のお伽話《とぎばなし》といったような性格を帯びて来ます。「群舞」という題名も、こうしたところから生れて来ています。

私は、今日までに何篇かの諷刺小説を、あるいは諷刺小説風な小説を書いて来ております。『黒い蝶』『夜の声』『四角な船』――どれも大人のお伽話といった性格の小説で、『群舞』もその一つであります。

こうした型の小説のすべてがそうであるように、『群舞』もたのしく書きました。

読者がたのしむ先きに、作者の私の方がたのしんでしまっているようなところがあります。こうした小説には解説は不要かも知れません。読んで頂くことがすべてであります。

この小説を書いてから十年あまり経った四十六年の秋に、私は小説の中の一団が目指そうとしているヒマラヤ山地に足を踏み入れました。ネパールの首都カトマンズから小さい飛行機で、登山家たちが十六日かかって達する地点に運ばれ、そこから二十六名のキャラバンを組んで、四千メートルのエベレスト山麓まで行きました。もちろん雪男を探すためではありません。エベレストの麓《ふもと》で十月四日の満月を見ようというのが、私たち一行六名の共同の目的でした。そして目的通り、エベレスト連峯に取り巻かれた小さい台地で、雪に覆われたカンテガの肩から上がる月を見ました。

しかし、このヒマラヤの旅で、思いがけず雪男の頭皮を見る機会を持ちました。クンビーラの麓にクムジュンという三百戸、八百人の集落がありますが、その村外れに雪男の頭皮を所蔵していることで、登山家の間では知られているラマ廟があります。

先ずクムジュンという集落について記してみましょう。私たちはキャラバンを組んで歩き出してから二日目に、シェルパの出る村として知られているナムチェバザールという断崖に沿った村にはいりました。ここを過ぎると、道はエベレストの麓から流れ出しているドウトコシ川の大渓谷にはいって行きますが、まだこの先きに人の住んでいるところが幾つかちらばっています。クムジュン（三七六〇メートル）、ホルシェ（三八〇〇メートル）、タンポチェ（三八六七メートル）、パンボチェ（三九一〇メートル）、ピンボチェ（四三四〇メートル）といったところであります。

しかし、集落としての体裁を持っているのはクムジュンだけであります。クムジュンは四方を岩山で囲まれた盆地を抱くようにして、いつも山巓《さんてん》を雲の中に匿《かく》しているクンビーラの麓に二百戸ほど家をばら撒いています。三百戸、八百人の村であると言われていますが、これは近くのクンデという集落を併せての数で、盆地の一角から遠望する限りでは、二百戸ほどの小さい家が、山裾から斜面にかけて身を寄せ合っているに過ぎません。しかし、ここはともかく集落と言える体裁を取っています。

ホルシェというのも数十戸の集落でありますが、この方は巨大な岩山の斜面に点々と家がしがみついている感じで、義理にも集落とは言えそうもありません。タンポチェには僧院が、パンボチェには尼寺がありますが、民家はありません。一番奥のピンボチェには数戸の家はありますが、四三四〇メートルの高さでは、人が常住しているとは考えられません。

従って、クムジュンがヒマラヤ山地の一番奥の、集落と呼び得るただ一つの集落と言っていいかと思います。ナムチェバザールから半日行程、渓谷沿いの幾つかの尾根を巻いて行きますと、クムジュンのある盆地へ出ます。盆地への入り口には石を積んだ門があります。村の門です。そこをくぐると、四方岩山に取り巻かれた盆地が置かれてあり、正面にはクンビーラが聳《そび》え、その麓にクムジュン部落を形成している小さい石積みの家が階段状に置かれているのが見えます。

盆地にはいると、すぐ左手に小学校があります。私たちが行った時には百三十八人の幼い子供たちが、別棟になっている二つの教室に詰まっており、私たちが教室を覗くと、生徒たちは立ち上がって、私たちの方に手を合せました。この地方では、合掌が人に会った時の挨拶であります。子供たちは驚くほど純真です。

盆地には小学校の他に、二つの大きなチョルテンがあります。チョルテンは石を積み上げたラマ教の塔で、ヒマラヤ山地の集落にはどこもこのチョルテンがありますが、クムジュンのチョルテンは、私たちの体を三つ重ねたぐらいの高さを持ち、基壇は四、五人で抱えるくらいの大きいものでした。村人たちは自分たちの生活を守って貰うために、朝に夕にチョルテンに祈らねばなりません。祈るのはチョルテンばかりではありません。家々の屋根にはタルシンと呼ぶ祈り旗が立てられてあり、家々の戸口にはラマ教の経文を書き記した紙片が貼りつけられています。またこの地域の路傍の大きい石には、ラマ教の経文が刻まれてありますし、渓川の橋の袂には小さいチョルテンが造られています。ヒマラヤ山地の人々は、生きるためには祈らずにはいられないのでありましょう。

厳寒期のこの村のたたずまいを想像しますと、何とも言えず凄《すさ》まじいものがあります。盆地が何日も吹雪に包まれることもありましょうし、真昼も夜のような暗さの中に閉じ込められることもあろうと思います。ここでは祈ることなしには生きて行くことはできないであろうと思いました。

しかし、私たちが訪ねた時は一年中で最もよい気候の時で、のどかで平穏な集落の表情でありました。クンビーラの山裾から盆地にかけて耕地がちらばっており、その耕地も、人家も、部落内の路地も、みな小さい石を積んで石垣とし、それで仕切られてありました。

家はどれも石を積んで造られてありますが、その上を白い壁で包み、長方形の小さい窓が数個あけてあります。白壁の白さに対して、窓の部分だけが黒いので、遠くから見ると眼窩《がんか》といった異様な感じを受けました。屋根には板を竝べ、その上に石を置き、笹竹様のものに、白、黒、赤、黄の布片を着けたものが立っています。これがタルシンであります。

部落に足を踏み入れると、到るところにヤクがぶらついていました。この動物はチベットから来たものですが、一定の高度のところでないと住まないと言われています。おそらく三七六〇メートルのクムジュン部落の高さが、ヤクには住みよい場所なのでありましょう。部落の中を歩いていると、タムセルク、アマダブラムの白い峯がすぐそこに大きく聳え立って見えています。

こうしたクムジュン部落の端《はず》れに、先きに記したように雪男の頭皮を保存しているというラマ廟があります。私たちはそこに立ち寄って、二人の老僧にその頭皮なるものを見せて貰いました。一見壊れたカツラのかけらでも眼にしているようなふしぎな思いを持ちました。果して、それが雪男の頭皮であるかどうか、判定する知識の持合せはありませんでしたが、私たちは忽《たちま》ち小説に登場する何人かの人物になりました。素直に感心したり、反対にこんな雪男があるものかと、意地悪く眼を光らせたりしました。しかし、ともかく私たちはラマ僧と竝んで写真を撮ったり、雑談したりして、結構たのしい休憩の時間を持ったものでした。

しかし、それから二年以上経過した現在、クムジュンというヒマラヤ奥地の集落のことを思うと、そこは気が遠くなるほど遠く、小さく、淋しいところに感じられます。雪男が姿を現すとすれば、なるほどあのような地域であろうと思いますし、あのようなところなら、雪男が出ようと、雪女が出ようと、さして怪しむには足りぬという気になります。

（昭和四十八年十二月・『井上靖小説全集』17　新潮社）

生沢朗氏と私

私の主な新聞小説の挿絵は、殆ど生沢朗さんを煩している。『氷壁』は連載中から読者の反響がこちらに伝わって来る、新聞小説としては一応成功を収めた小説であったが、その成功は氏の挿絵に負うところ大なるものがあるとしなければならぬ。この小説の場合は、妙に二人の気持が合って、私は氏の挿絵に刺戟されて小説を書き進めてゆくようなところがあり、氏の方もまた私の小説に刺戟されて、自在に画筆を揮《ふる》っているようなところがあった。私は氏と雪のちらついている釜トンネル附近に立ったり、早春の陽の散っている明神池附近を歩いたり、雪のとけるのを待って奥穂や北穂に登ったり、そうしたいろいろな二人だけの思い出を持っている。生沢氏も、私も五十歳前後であり、『氷壁』に取組むには恰好な年齢であったのである。

『氷壁』から九年経って『化石』に於て、更に六年経って『星と祭』に於て、私は氏と『氷壁』に劣らぬ気持の合った仕事をしている。

こんどの小文を綴るに当って、『氷壁』『化石』『星と祭』、それぞれのとじ込みを開いて、三つの小説の挿絵に眼を当ててみた。私の小説が変って来ているように、生沢さんの挿絵もまた変って来ていた。これまで気付いていなかっただけに、これは私にとっては一つの驚きであった。それぞれの挿絵を較べてみて初めて判ることであったが、氏の画風は次第に自在に、しかし多少気難しく、そしてはっきりと、それと判る円熟みを増していた。こうしたことに気付いた瞬間、私は氏に対してこれまで感じたことのない熱い友情を感じた。ふいに氏の方に手を差し出し、氏の手を強く握りしめたい衝動を感じた。

氏はいわゆる挿絵は書いていなかった。私の小説から画材を得ていたが、自分は自分で好きな仕事をしていた。それが、『化石』あたりから目立ち始め『星と祭』になると、私ばかりでなく、私以外の誰の眼にも、それははっきりと判るようになった。

『星と祭』の連載中、私は氏といっしょにヒマラヤ山地に出掛けて行った。私は小説の取材に出掛けたのではなく、氏もまたその挿絵を描くために出掛けたのではなかった。私たちは二十六人のキャラバンを組んで、ドウトコシの大渓谷に沿って、四千メートルの地点まで歩いた。氏は到るところで画帳をひろげていた。その旅が終ってから、私はその旅のことを小説の中に綴り、氏もまたそのスケッチを挿絵として使うことになったのである。『星と祭』の挿絵を見ると、そうしたことがよく判る。氏は挿絵などは描いてはいない。ヒマラヤのスケッチを、氏は新聞に載せただけである。

生沢さんと私は、これからも新聞小説において、いっしょに仕事をしてゆくことであろうと思う。私が新聞小説の型からますます外れてゆくように、氏もまた新聞小説の挿絵といったことにはいささかも捉われない仕事をしてゆかれるに違いない。

（昭和五十年四月・『生沢朗挿し絵画集』「生沢朗の仕事」光潮社）

作家の年齢

二十六年五月、私は十一年から十五年間にわたって勤めた毎日新聞社を退き、同社社友となった。作家として一本立ちすることになったわけだが、私はすでに四十四歳であった。

そして、それからの数年間が、私の生涯で最も多忙を極めた時期であった。人生的年齢はすでに初老期に入っていたが、作家としては仕事のスタートについたばかりで、作家的年齢というものがあるとすれば、それは青春期であった。

芥川賞を受けた時、佐藤春夫先生のところに御挨拶に行くと、

――あなたは何でもこなせるからジャーナリズムは放っておかないでしょう。橋はすでに焼かれた。あとは斬死するばかりですよ。

そうからかうように、佐藤先生は言われたが、確かに芥川賞受賞後の数年、私の四十代の後半は、好むと好まないに拘らず、そのような状態であった。

しかし、いま振り返ってみると、自分の代表的短篇と言えるようなものの多くが、この時期の所産である。当時、自分では娯楽雑誌と文芸雑誌に書くものとを書き分けているつもりになっていたが、それもいま振り返ってみると、そうした区別は感じられない。むしろ娯楽雑誌に書いた短篇の方に、短篇としての生命を持っているものが多いくらいである。

この私の作家としての青春期は、私の四十代の後半に重なり、そしてそこを慌しく通過し、作家としての壮年期に入ろうとした時、私は実人生の上では五十代を迎えようとしていた。まだ二つの年齢の上に食い違いはあったが、それでも多少落着いてものを考える五十代という年齢の上に、作家としての私なりの成熟期を重ねることができたのである。

昭和三十一年の十一月から翌三十二年八月にかけて、朝日新聞に連載した「氷壁」が、そうした時期の最初の仕事ではなかったかと思う。それまでにすでに五篇の新聞小説を書いており、朝日新聞には「あした来る人」に続く二回目の連載であった。

連載のことは春から決まっていたが、秋になっても、いかなるものを書くかは決まっていなかった。

「氷壁」を書き出す前々月の九月下旬に、私は初めて穂高に登った。それまで登山の経験は全くなかった。一度、尾瀬に行ったことはあったが、これは登山と言えるようなものではなかった。

それがどういうものか、親しいジャーナリストたちといっしょに、穂高に月見に行ってみようということになり、初めて山と名のつくところに出掛けて行くことになったのである。

この最初の穂高行きは、東京を朝発って、その日のうちにいっきに涸沢まで登るスケジュールをたてていたが、あいにく豪雨に見舞われ、途中徳沢小屋に一泊せざるを得ないことになった。しかし、翌日は気持よい秋晴れの日に恵まれ、ゆっくり辺りの風光をたのしみながら六時間もかけて、涸沢に登った。

そしてその夜、目的であった穂高観月の宴を張った。しかし、高山の月は暗く、陰気で、淋しかった。私はこの時、山というものの持つ一つの性格に触れた思いであった。もしこうしたことがなかったら、これからあと山にひかれたようなひかれ方はしなかったかも知れない。

ともあれ、山というものに登ったことは、私にとっては生涯の事件であった。穂高観月の翌日、前穂に登った。そして明るく、爽やかで、雄々しい山登りというものの他の面を知った。帰りも楽しかった。梓川の流れも美しく、シラベ、ブナ、マカンバ、カツラの樹林地帯を歩くのも楽しかった。私はこのただ一回の登山で、山というものの美しさに、すっかり魅せられてしまった。

この穂高観月から帰って間もなく、いっしょに穂高に登った安川茂雄氏から「ナイロン・ザイル事件」というパンフレットを送られた。これを読んだ時、いきなりナイロン・ザイル事件なるものを小説の材料にすることに決めた。ただその時にはナイロン・ザイル事件そのものより、むしろ自分が一度だけしか知らない山ではあるが、その山を書きたいと思った。

（昭和五十二年一月十三日・「日本経済新聞」「私の履歴書」）

「氷壁」

私は「ナイロン・ザイル事件報告書」を読むまで、ナイロン・ザイル事件なるものについては全く知らなかった。

事件は昭和三十年一月二日朝起きていた。三重県岩稜会の石原国利、若山五朗等三人の学生が穂高東壁をアタックしている最中のことである。頂上直下で、トップに立っていた若山が岩にザイルをかけ、岩壁を登ろうとしてスリップしたが、その時当然体を確保すべきザイルが簡単に切れて、ために若山は吹雪の中に顚落して、遭難死するに到った、こういう事件である。

ここで問題になるのは、この時使用していたのは麻ザイルよりも強いとされているナイロン・ザイルであるが、それが僅かの衝撃で切れてしまったという事実である。ナイロン・ザイルに欠陥があるのではないかという見方もできるし、ナイロン・ザイルが簡単に切れる筈はないから、むしろそれを使った若い登山家の方に問題があるのではないかという見方もできる。切れた、いや切れる筈はないと論議を巻き起している事件であった。当然なことながらザイルのメーカーの方も黙っているわけには行かず、ザイルの強度試験を、公開実験の形で行ったりして、ナイロン・ザイルを守った。大勢は問題を起した若い登山家たちの方に不利であった。「ナイロン・ザイル事件報告書」の筆者は遭難者の兄の石岡繁雄氏で、自分の弟の死を無駄にしたくないという気持から、事件の真相を世に問い、ナイロン・ザイルに欠点があるに違いないということを強調したものであった。

私は登山家ではないので、雪の穂高で起った事件について、いかなる判断もくだすことはできなかった。小説に取り扱うにしても、第三者として事件を客観的に書く以外仕方ないと思った。

しかし、この私の考えを完全にくつがえしたのは、安川茂雄氏の紹介で、事件の渦中の人物である若い石原国利氏に会い、その人柄に打たれたことであった。

——でも、実際に切れたんですからね。

という短い言葉を繰り返しているだけの青年の眼には、いささかの濁りもなかった。私は氏の言うように、ザイルは切れたのに違いないと思った。作家としては、この眼を信ずる他はなかった。

下山事件で若い二人の新聞記者を信じたように、ナイロン・ザイル事件では石原国利氏を信じたのである。遭難者の兄である石岡繁雄氏もまた、この石原氏の眼を信じているのであろうと思った。

私は「氷壁」という小説の主人公を、石原氏の立場に置いた。

もちろん小説では事件と無関係な物語が展開して行くが、その中でナイロン・ザイル事件を正面に据えて、石原氏の立場から書いた。

小説「氷壁」とは別に、ナイロン・ザイル事件はその後幾多の曲折をくり返したが、ついに昨年、事件から二十一年目に、漸く石岡繁雄氏の主張が全面的に容れられることになった。ナイロン・ザイルに安全基準が設けられることになったのである。これは新聞各紙に報じられ、〝二十一年目の真実〟と題しているものもあった。「氷壁」という作品が文学作品としてどれだけの価値を持つか、作者の私には判らないが、ナイロン・ザイル事件の解決には多少の役割を果したのではないかと思う。

それはともかくとして、「氷壁」を書いたお蔭で、小説執筆中はもちろん、その後もたびたび穂高に登っている。前穂も、北穂も、奥穂も、登っている。去年も、一昨年も、出掛けている。大抵石原国利氏もいっしょである。先年、氏に付添って貰ってヒマラヤ山地に入り、四〇〇〇メートルの地点まで行ったが、これも「氷壁」を書いたお蔭である。

（昭和五十二年一月十四日・「日本経済新聞」「私の履歴書」）

父の趣味

井上修一

父は仕事一筋人間で、趣味というものを持っていなかった。父の若い頃の日本はまだ貧しかったので、都会の富裕層でもなければ趣味を持つ余裕などなかったのかもしれない。そもそもクラシック音楽鑑賞とかピアノ演奏に打ち込めるような環境は、父の育った当時の伊豆・湯ヶ島にはなかったと思う。私が小学校の低学年を過ごした昭和二十年代前半の湯ヶ島小学校には、生徒が自由に使える楽器といえばカスタネットとタンバリンぐらいしかなかった。式典での校歌や国歌、「蛍の光」斉唱などの伴奏も、ピアノがなくてオルガンだった。父が学生時代から新聞記者時代を通じて仕事以外に打ち込んでいたものがあったとすれば、それは間違いなく文学である。しかし、これを趣味というのは納まりが悪い。作家になりたくて、暇さえあれば詩や小説を書き、発表の舞台を探していたのである。学生時代には京大に籍を置いたまま、新興キネマ（後の大映）の脚本部の社員をしていた。したがって父にとっての文学はプロへの修行であって、「趣味」とはいえない。

そんな父が作家として世に出てから仕事以外で関心を持ったものに、ゴルフと登山と旅行がある。ゴルフでは夏の軽井沢などでコースから上がった後、柴田錬三郎、水上勉、源氏鶏太、生沢朗などの作家や画家たちと実に楽しそうにビールを飲んでいた。ところが父のゴルフは長続きしなかった。

若い頃柔道に明け暮れた父は体力に自信があった。だから動かない小さなボールを打つゴルフを軽く見て、すぐ仲間に追いつけると思っていた。ところがゴルフは、精神的な要素が多い神経質なスポーツらしい。それにスポーツというものは始めた年齢と練習量、経験年数がものをいう。五十歳近くになって始め、原稿の締め切りに追われて練習場通いする時間のない父が、コースだけでいきなり上達するはずがない。したがって私の見るところ父は、いつまでたっても仲間に追いつけない自分に腹を立て、数年で止めてしまったのである。

きれいなコースに出て気晴らしができたこととメタボのお腹が凹んだことが、父のゴルフの唯一の成果である。

ゴルフに比べると父の山行は奥が深い。父の人格や文学と重層的に絡み合っている。伊豆の自然の中で育った父はもともと山が好き、川が好きだったのに加えて、登山が好き、登山のイメージが好き、登山家が好き、登山の服格好が好き、ピッケル、山靴などの登山用具が好き、山好きになっている自分のイメージが好きになったのである。ゴルフに対しては傲慢で見下していたのに、登山に対してはいたって謙虚で、憧れと崇敬の眼差しを向けていた。ただ、登山を始めたのも小説『氷壁』を執筆するためで、五十歳になってからである。また、本書のⅡ章の中でも度々断っているように、父の登山は穂高に限られ、穂高に行った回数こそ多いが、山頂にたどり着いたのは涸沢岳一回だけである。だから自分の穂高行は「登山」などという大げさなものではなく、単なる「山行き」に過ぎないと繰り返している。

父に岳人の心を教えてくれたのは、日本山岳会名誉会員の加藤泰安であった。父はその加藤泰安をモデルにして『あした来る人』（昭和二十九年）を書いた。

『氷壁』（昭和三十一年〜三十二年にかけて朝日新聞に連載）の方は、大勢の岳人たちから全面的な協力を仰いでできた作品である。作品構想の発端となった「ナイロンザイル切断事件」の存在を教えてくれたのが、当時三笠書房の編集長をしていた山岳小説家、登山家の長越（安川）茂雄である。そして執筆中に穂高に連れて行き山の登り方や歩き方、道具の使い方を教えるだけでなく、執筆に必要なあらゆる相談に乗り、文章の一行一行を確認してくれたのが三重県立神戸中学校山岳部を母体にしてできた鈴鹿市の山岳会「岩稜会」の皆様をはじめとする日本を代表する登山家、石岡繁雄、伊藤経男、石原國利、上岡謙一、瓜生卓造などの諸氏である。

父が穂高に行ったのは『氷壁』執筆前は一度だけで、月見・星見に出かけている。『氷壁』執筆中は三度行った。執筆後は出版編集者や新聞記者、評論家や作家を中心に、山好き、酒好きの素人が集まって「かえる会」という〝山岳会〟が生まれた。父はこの仲間に連れられて、四季それぞれの穂高の美しさを堪能しようと、晩年まで毎年のように穂高に出かけていた。仲間の登山技量は様々で、涸沢小屋から先に脚を伸ばす健脚もいれば、涸沢を諦め徳沢小屋に留まる人、梓川や明神池周辺で楽しむ人もいる。
同じⅡ章に納められた「上高地」にあるように、父は『氷壁』執筆中の三回の穂高行で、初回にはその日のうちに心中する挙動不審な男女に出会い、三回目には冬眠から覚めたカエルたちの集団交尾シーンに遭遇するという巡り合わせになった。カエルの交尾シーンは『氷壁』の第七章にも出てくる印象的なシーンであるが、「かえる会」の名前の由来もそこから来ている。因みに私も「かえる会」の仲間に加えてもらって、何度か涸沢から穂高の夜景をみたことがある。

（筑波大学名誉教授）

本書は底本に『井上靖エッセイ全集』（一九八三〜八四・学習研究社）、『井上靖全集』（一九九五〜二〇〇〇年・新潮社）を使用しました。

穂高の月

二〇一六年七月三十日　初版第一刷発行
二〇二三年二月十日　初版第三刷発行

著　者　井上　靖
発行人　川崎深雪
発行所　株式会社　山と溪谷社
郵便番号　一〇一―〇〇五一
東京都千代田区神田神保町一丁目一〇五番地
https://www.yamakei.co.jp/

■乱丁・落丁、及び内容に関するお問合せ先
山と溪谷社自動応答サービス　電話〇三―六七四四―一九〇〇
受付時間／十一時～十六時（土日、祝日を除く）
メールもご利用ください。
【乱丁・落丁】service@yamakei.co.jp　【内容】info@yamakei.co.jp
■書店・取次様からのご注文先
山と溪谷社受注センター　電話〇四八―四五八―三四五五
ファクス〇四八―四二一―〇五一三
■書店・取次様からのご注文以外のお問合せ先　eigyo@yamakei.co.jp

本文フォーマット・デザイン　岡本一宣デザイン事務所
印刷・製本　大日本印刷株式会社
定価はカバーに表示してあります
Printed in Japan ISBN978-4-635-04797-5